# 桐野夏生

## 〈悪〉を書く作家・群

鈴村和成
suzumura kazunari

本書は桐野夏生を中心に、〈悪〉というテーマで現代の小説家たちを追尋した論考である。その詳細は、順不同で、ジェンダー、カルト、洗脳、幽体、フェティッシュ、転調、名前の迷宮、都市、観光、SM、サバイバル、そして作家では、谷崎潤一郎、三島由紀夫、金子光晴、村上春樹、西加奈子、ロラン・バルト、平野啓一郎、吉田修一、中村文則、等々……の諸家が挙げられる。


『顔に降りかかる雨』『天使に見捨てられた夜』『ファイアボール・ブルース』『水の眠り 灰の夢』『OUT』

『錆びる心』『ジオラマ』『柔らかな頬』『ローズガーデン』『光源』『玉蘭』『ファイアボール・ブルース2』『ダーク』『リアルワールド』

『グロテスク』『残虐記』『I'm sorry, mama.』『魂萌え！』『冒険の国』『アンボス・ムンドス』『メタボラ』『東京島』『女神記』『IN』

『ナニカアル』『優しいおとな』『ポリティコン』『緑の毒』『ハピネス』『だから荒野』『夜また夜の深い夜』『奴隷小説』『抱く女』『バラカ』

『猿の見る夢』『夜の谷を行く』『デンジャラス』『路上のX』『ロンリネス』『とめどなく囁く』『白蛇教異端審問』『対論集 発火点』



言視舎

目次

# 笑う桐野夏生——〈悪〉を書く作家群

# 序　笑いとマスク

笑いにも、いろいろな種類がある。明るい笑い、暗い笑い、皮肉な笑い、ぞっとする笑い、哄笑、嘲笑、苦笑、冷笑、微笑、そして白い笑い、……。

本書は**桐野夏生**を中心に、〈悪〉というテーマで現代の小説家たちを追尋した論考である。その詳細は、順不同で、ジェンダー、カルト、洗脳、幽体、フェティッシュ、転調、名前の迷宮、都市、観光、SM、サバイバル、そして作家では、**谷崎潤一郎**、**三島由紀夫**、**金子光晴**、**村上春樹**、**西加奈子**、**ロラン・バルト**、**平野啓一郎**、**吉田修一**、**中村文則**、等々……の諸家が挙げられる。

桐野夏生が八〇年代末から九〇年代にかけて登場した時代背景を考えるに、まず彼女のニュートラルなジェンダーが印象的だ。男性を主人公にしても、そこに女性的な柔らかい屈折が加えられる。これは必ずしも作者が女性であることには関係がない。性差ではなくジェンダー。ジェンダーとは性別にかかわらず、女性性、男性性の微妙な差異を俎上に載せることをいう。最近の例を挙げると、第162回芥川賞を獲得した**古川真人**の『**背高泡立草**』（2020）は、男性作家の作でありながら、女性、それも高齢の女性たちが主人公になり、全体に女性先行、女性優位の傾向が濃厚だ。

このことは筆者の専門領域であるフランス文学についても当てはまる。一例が、これはたいそう旧聞に属するが、**フィリップ・ソレルス**。彼が〈読めない［難解な］作家〉から〈読める［平易な］作家〉に転身した代表作で、**ロラン・バルト**や**クリステヴァ**等、同時代の作家や思想家が登場する**『女たち』**（1983）は、そのタイトルからして示唆的で、ここでは「世界は女たちに属する。すなわち死に」なるフレーズがリフレインされて、女性たちのジェンダー・パワーが強調された。

ついで桐野にあっては、そのアレゴリーの文体が今日的である。こういうアレゴリカルで〈新リアル〉な文章を、彼女はハードボイルドとミステリーのジャンルで鍛え、手に入れたのだ。桐野自身、「エンターテインメントから来た」とは、対論集**『発火点』**（2009）の発言である。

会話のうまさには舌を巻く。斬新な会話のリアリティこそは、どれだけ強調しても強調しすぎることはない、桐野の大きな長所である。

これは本文でも触れるし、今日の作家たちに共通する特徴だが、彼らはともかく会話が生き生きとしてリアルだ。グサリとササるせりふが多い。**村上春樹**を始めとして、**平野啓一郎**、**西加奈子**、**中村文則**、**吉田修一**等、本書で扱う現代作家は、みな現実をみごとに映した会話を運用する。

さらにいえば、これら現代作家は〈今〉の日本語を変えつつある。**村上春樹**が現代日本語に与えた変化には、驚くべきものがある。村上は現代人の現実の会話を変えたとさえいえる。もちろんこの変化は相互的なもので、**ソシュール**の用語を使えばサンクロニック synchronique、すなわち「共時的」、**吉田修一**の常用語を使うなら「同時的」なものだ。吉田の小説では、たとえば**『太陽は動**

かない』（2012）のようなエンタメ小説では、事態が逼迫すると、次々と事件が生起する。すべてが同時に起きる。シンクロする。まさに応接に暇がない。

桐野はノンジャンルというジャンルなきジャンルを開拓したパイオニアでもある。彼女はエンタメと純文の壁を壊した、いや、壊しつつある。ボーダーが桐野の棲みかである。その意味で、**西加奈子**や**吉田修一**はまぎれもなく桐野の後継だ。

吉田、西、桐野に関しては、一般の文芸用語が使いづらいことも、目につく要素だ。主人公とか登場人物というよりキャラクターがふさわしい。キャラ立ちがキリノエスク（桐野的）な風景だ。逆にいうと、文芸批評で使われるジャーゴン（専門用語）を禁じるところに、桐野、吉田、中村、平野、西たち、本書で扱う作家の特徴がある。難解な哲学は彼らの小説になじまない。

最後に悪のカルト。桐野や吉田、中村には霊能者の系譜がある。オカルティスト、占い師、カリスマが登場し、いかがわしくも魅力溢れるスピリチュアリストの世界をくり拡げる。

これは現今の流行かもしれない。現在、朝日新聞で連載中の**中村文則**『**カード師**』は、**平野啓一郎**のデビュー作『**日蝕**』（1998）を引き継ぎ、カードや占星術を駆使して、村上春樹の流れを汲む中村オカルティズムの小説として銘記されよう。

桐野の代表作は『**OUT**』（1997）。ここではまさに悪が暗躍する。この作は日本推理作家協会賞を受賞し、社会現象を起こした。筆者が初めて桐野を知ったのも『OUT』である。アメリカで**イアン・ランキン**、**マイクル・コナリー**等と並んで、エドガー賞に日本人で初めてノミネートされた。

しかし『ＯＵＴ』も旧作と見做されるほど、彼女のそれ以後の活躍が華々しいことは周知のとおり。

桐野はコワモテする作家だが、笑いというマスクから彼女を論じた批評は、いまだ見たことがない。古典でいえば、**ラブレー**や**ジョイス**など、現代作家では**村上春樹**がその筆頭だが、笑いはもっとも重要な文学の条件だ。そして笑いは微妙な言葉のニュアンスに大きく左右される。お笑い芸人がテレビでも、ウェブでも、文芸誌でさえ、もてはやされる時代である。『**火花**』で二〇一五年上半期の芥川賞を受賞した**又吉直樹**がその代表だ。笑いは本から直接〈引用〉する以外に、その魅力を伝える手がない。引用が批評で大切なゆえんだ。笑いは作家が用いる日本語と同様に、やはり相互的（共時的）な働きをする。登場人物の笑いが聞こえてくる場合もあれば、読者が読んでいて声に出して笑う場合もある。そこでは作者と読者と登場人物が、対等に並んで、声を上げて笑いあう。声が反響する。笑いが合唱する。実際、難解をもって鳴り、本書のワン・パートで論じる**ロラン・バルト**にしても、筆者はときどき読みながら声を上げて笑ってしまう。意外かもしれないが、バルトの魅惑、彼の『**テクストの楽しみ**』（１９７３）は笑いにあるのだ。批評で笑わせるとは、バルトも écrivain（文筆家、作家、詩人）冥利に尽きるではないか。

会話、とくに笑いがそうだが、評論は〈引用〉と切っても切れない関係にある。桐野も言うとおり「作品と評論は両輪で機能していかなくては、互いにいいものを生み出せない」（**『白蛇教異端審問』**２００５）のだから、作品にとって評論による引用はなくてはならないものなのだ。

以前、筆者が『テロの文学史』で桐野を扱った際には、六〇年代テロリズムを主題とする長篇**『水の眠り 灰の夢』**（１９９５）を中心に取り上げ、テロと銘打った論にそぐわない、との理由で**『ＯＵＴ』**、**『グロテスク』**（２００３）、**『残虐記』**（２００４）等の長篇を評するのを割愛した経緯がある。**『三島ＳＭ谷崎』**でも、**谷崎**の未完の長篇**『残虐記』**論は、同題の長篇が桐野にありながら、ページ数の関連で外さざるをえなかった。

考えてみると、今日までに無慮四十冊の小説本を上梓した桐野に関して、原則として一冊だけを対象とする文庫の解説を除くと、彼女の作品に僅かに触れた純文系の探究としては、**星野智幸**、**斎藤美奈子**、**佐々木敦**、**斎藤環**等を例外として、披見したことがない。

とりわけ（これは他の現代作家についても言えることだが）桐野は現在進行形で活躍中の作家である。全作品といっても、その〈全〉が膨張しつつあり、全貌が見極めがたい。

こうした流動する現役の小説家を論じることは、**西**、**桐野**、**吉田**、**中村**、**平野**たちの、その評価とあい俟って、多くのリスクを伴うのはいうまでもない。

題して『笑う桐野夏生――〈悪〉を書く作家群』。

さあ、出発しよう。

# I

# 私とは誰か？

# 1　桐野夏生――『メタボラ』『夜の谷を行く』『バラカ』『抱く女』など

## 限りなく黒い笑いから

それは怖い笑いだ。魂の底まで冷える、小刻みで微細な笑いだ。

たとえば『**グロテスク**』。この小説は、大企業のエリート社員が渋谷の街角で娼婦になって殺害された実際の事件に材を取ったことで話題を呼んだが、主人公の「わたし」（名前はない）が背筋が凍りつくほど驚くのは、超美人の妹のユリコが殺されたことでもなく、友人の和恵――彼女も時を経ずにユリコ同様、渋谷で外娼に立って殺される――が電話してきたことでもなく、ユリコが殺されたことを知った和恵が、「受話器の向こうで、蜂の唸りのようにぶんぶんと低く笑い続けていた」ことなのだ。これが『グロテスク』から洩れ聞こえる、黒い笑いの最たるものである。

そして『**メタボラ**』（2007）の笑い。タイトルは新陳代謝（メタボリズム）に由来する。第九章「イエローランプ」で、「僕の想像の中の父は、なぜか暗闇で笑っているのだ」。父が自殺したその夜、トイレの電球が切れたのだ。そんな些細なことが「最後にちょんと背中を押して、死の扉を開けさせた」。

「僕」の自伝、人生の物語、いうところのオートフィクションの幕が切って落とされる、第八章「デストロイ」に続くパートである。

これは『メタボラ』にあって、沖縄は宮古島出身のアキンツ（「おいら」）と、死に場所を求めて那覇に流れて来たギンジ（「僕」）の章が交互にあらわれ、「おいら」と「僕」の掛けあい、桐野や**吉田（修一）**ワールドに特徴的な主体の遷移、パラレルな小説の結構が、もっとも鮮烈な像を結ぶ場面だ。

「僕」はアキンツ（昭光）にギンジと呼ばれるが、やがて明かされるように本名は香月雄太《かづきゆうた》（彼はギンジのほうを好む）。「見届け屋」なる謎の女の誘うままに集団自殺をはかり、名前も財布も携帯も棄てた記憶喪失者になりながら、ついにみずからの「デストロイ」を果たせず生き残りになるのだ。

その人物――男か、女か、ジェンダーが疑わしく、本人はゲイではないか、と思う――が、失われた〈私〉の記憶を取り戻し、自分の呪われた極貧の半生を語る過程で、ＤＶ（家庭内暴力）をくり返してきた父が最後に首を吊る情景を思い出す。

人格が崩壊し廃人と化したアルコール依存症の父が、高校生の「僕」に、せめて僕たち兄妹の学費だけでも払ってくれよ、とせっつかれると、子供とも大人ともつかぬ狂気の話体で、「嫌ですよーだ」と、おかしくてたまらない調子で笑う。作者の常套語を使えば、恐怖で皮膚に「鳥肌が立つ」情景だ。

もう一人、死を覚悟して笑う男がいる。

**『夜の谷を行く』**（２０１７）で連合赤軍事件の二名の生き残り、西田啓子と久間という事件当時に夫婦だった男女が再会する場面。

六十三歳の啓子はひっそりと世捨て人の余生を送り、久間はホームレスに近い状態に落ちぶれている。ちょうど事件の首謀者だった永田洋子が東京拘置所にあって脳腫瘍で死亡（二〇一一年二月五日）してから一カ月ほどした頃で、三月十三日に開かれる「永田洋子を偲んで送る会」を報せる封書が届いたりして、**林芙美子**をモデルとした**『ナニカアル』**（２０１０）に典型的なドキュメンタリータッチで仕上げた小説だ。

啓子は元夫の希望もあって、新宿中村屋のカレーを馳走する。「俺は餓死してもいいんだって。これが最後の晩餐かもしれないじゃないか」。二〇一一年三月十一日のことである。その瞬間まさに、久間にとっては「最後の晩餐」になるかもしれない食事の最中に、大震災に見舞われるのだ。「久間を見遣ると、久間は天井を振り仰いでいた。天井のパネルが波打っているのを見て、薄笑いを浮かべている。餓死したいというのは本気なのだ、と啓子は震撼した」

もう一作、震災という日本人の悲劇を描いた**『バラカ』**（２０１６）。

これは三部に分かれ、第一部「大震災前」、第二部「大震災」、第三部「大震災八年後」と題される。この長篇にはキリノ流の二種の黒い笑いが指摘できる。

ともにホラーの笑いといってよい。

一つはヒロイン沙羅の笑い。大手出版社に勤務する沙羅は、ドバイ（アラブ首長国連邦の主要都市）のスークでバラカと名づけられる女の子を買うが、現地の言葉で「神の恩寵」を意味する幼女を愛することができず、親友のTVディレクターの優子に譲ってしまおうと考える。

これは幼児とはいえ人格を無視した人身売買で、沙羅の行為はとうてい正当化されるものではない。

沙羅と優子は川島という悪魔主義の男と大学で同期だった。三人とも、まっとうな社会人で富裕層に属する人たちだが、少し離れて考えれば悪人といえなくもない。

川島のような主体となる人物が悪の化身でありうること、そこが桐野の小説を読解する勘所である。一例が『**光源**』（2000）の売れっ子映画俳優の高見。彼はどうやら悪人のように見えるが、この男の視点を持つことによって、『光源』はその異化的効果を発揮しえたのである。以下のパートで扱う**吉田修一**『**悪人**』（2007）や**中村文則**『**私の消滅**』（2016）と同じく、見る角度によって悪人が主体になる作品だ。

『**バラカ**』では、川島とバラカが長篇の主たる対立軸となる。川島が純粋悪を、バラカが純粋善を体現する。

沙羅の資産に目をつけた川島は彼女と結婚し、沙羅は妊娠する。仕事の都合で川島が名取市の閖上に借りた借家に着いた翌日、東日本大震災に襲われ、沙羅は大津波に攫われる。

彼女は新居ごと漂流を始める。沙羅の乗った屋根は波に打たれてバラバラになる。「まさか、こんな死に方をするとは思わなかった」とは、彼女の最後の感想である。「沙羅は星空を見上げて、最後に少しだけ笑った」。

この笑いとともに沙羅の消息は絶たれる。桐野流ヒロインの運命に従って、沙羅もこの巨大津波から生還する可能性が望まれるのだが。「やっても死ぬかもしれないが、やらなかったら確実に死ぬ」という最後の選択を前にして、本書で主題となる**吉田修一**のヒーロー、鷹野一彦が、死ぬかと思われる直前に主体が変わり、後の章では奇跡の生還を果たす例が参考になる（『**ウォーターゲーム**』2018「15ライバル」）。

もう一つの笑いは悪魔のような川島によって笑われる。この男も（作中で死ぬわけではないが）、ときどき怖い笑いを笑う。

その頃バラカは沙羅から優子の手に委ねられている。そこへ川島が訪ねて来る。バラカは本能的に川島を嫌い、この悪の化身に激しい恐怖を覚える。川島と優子は起こったばかりの地震の話をする。「沙羅、大丈夫かしら」優子が言うと、もうダメかもしれない、と川島は呟く。「あの辺一帯にあった家が全部流されちゃったんだぜ」。そして次の一行。

「川島が腑抜けのような顔で嘆いたが、笑ったように見えた」

次の場面もまた死を前にして不気味な笑いを見せる。ある新左翼の学生の話である。

**『抱く女』**（２０１５）の第二章。表題は〈抱かれる女〉から〈抱く女〉への転換期を意味し、一九七二年十月の日付を持つ。

マージャンやジャズ喫茶に明け暮れる学生たちの生態が描かれる。**三島由紀夫**がハラキリを演じて自決し、**『夜の谷を行く』**で主題になる連合赤軍事件も終息して、**村上春樹**のいわゆる〈瞬間冷凍〉が起こった時期である。

そのせいか、一九六九年を時代背景とする**『ノルウェイの森』**（１９８７）の人口に膾炙した、あの「死は生の対極としてではなく、その一部として存在している」の反響のようにして、電車に飛び込んで自殺する高橋という過激派ブントの学生が手にする、血だまりに漬かったような遺書には、「死は生の対話じゃないよ」という簡潔なフレーズが読まれる。

別れを告げに来た高橋が、遺書の宛先である女友達の泉のアパートから帰るのを、主人公で女子大生の直子――桐野自身をモデルとする――が、物陰から目撃するのである。

直子には『ノルウェイの森』の自殺するヒロイン直子が重ねてあると筆者は読んだ。しかし村上の直子は桐野の直子と違って主役ではない。『ノルウェイの森』では視点人物はワタナベ（「僕」）である。彼は死と暴力の吹き荒れる政治の季節をサバイブする。桐野にあっても同様に、あくまでも生き延びることを生命線とする主人公の視点人物、直子が死を選ぶことはない。この点、桐野は**谷崎潤一郎**の衣鉢を継ぎ、アンチ**三島**／プロ**谷崎**の路線をゆく。

**三島由紀夫**については、こんな会話が交わされる。「直子は？」「うん、三島も好きだけど」「だけど？」「男だもんね」。三島といえば『**リアルワールド**』（2003）で母親を惨殺する高校生のミミズが、童貞を棄てるとき、「ついにセックスするのか。『**憂国**』みたいなもんか」と、**村上龍**『**共生虫**』（2000）に似た呟きを発する。ただし『リアルワールド』でミミズの視点を取るパートでは、作者はミミズに必ずしも同調しない点に注意。

桐野が**村上春樹**に親炙すると思われる箇所はいくつかある。『**路上のX**』（2018）でヒロインの真由がマゾ男の後頭部を金属バットで殴る場面。バットに男の頭髪が数本くっつくのは『**ねじまき鳥クロニクル**』（1994、5）の中国人惨殺に似るようだ。近未来を舞台とする『**優しいおとな**』（2010）のアンダーグラウンドで活動する「闇人」は、『**世界の終りとハードボイルド・ワンダーランド**』（1985）で暗躍する「やみくろ」を思わせる。ただし桐野の「闇人」は村上の「やみくろ」のような、おぞましい悪しき存在とは一概にいえない。善悪両様にあい渉る多義的な存在である。『**抱く女**』でマリファナをやって店のトイレで倒れる直子は、『**風の歌を聴け**』（1979）のジェイズ・バーで泥酔してトイレに昏睡する女の子（名前はない）を感じさせるところもある。

ここで何よりも重要なことは、村上から桐野へ、「僕」から「あたし」へ、男から女へ、ジェンダーが転回する点だ。

さて、『**抱く女**』で直子が目撃する、死を選ぶ高橋の最後のポートレイト、——

「一瞬だけ、顎鬚を生やした横顔を見たが、知らない男だった。その横顔は笑っていた」

直子はくり返し、この笑いに戻ってくる。死ぬ間際の狂った笑顔に作者はとりつかれているようだ。たとえば、「高橋の笑った横顔が目に焼き付いていた」「高橋隆雄の笑う横顔が砕ける様を想像すると、寒気がした」「笑いながら泉の部屋を去って行った隆雄の横顔を思い出すと、彼は女たちを憎んでいたような気すらしてくる」。

全共闘学生に女性蔑視が底流することを暗示するのも（一例が「学生運動のヤツらって女性差別的だから嫌いなんだよ」）、すぐれてムラカミエスク（村上的）である。

そう、桐野はシュールでノワールなホラー作家であるだけではない。一方では白い笑いに長けるところもあったのだ（『**だから荒野**』２０１３など）。

## 2　中村文則――『私の消滅』

### 私とは誰か？

ここで桐野をいったん離れ、ミステリーやホラーなど、エンターテインメントの技法に習熟し、その意味で桐野に通じるところのある、**中村文則『私の消滅』**（２０１６）のケースを考えよう。

「私とは誰か？ Qui suis-je?」――**ブルトン**の代表作**『ナジャ』**巻頭の一文を小見出しに掲げたい。これはよく知られた一行で、フランス語原文では「私は誰のあとを追うか？」の意にもなる。多義的な疑問文である。

名前が明らかではない一人称の主体――「僕」とか「私」――は、謎を誘発する。私とは誰か？ 古くからのこの疑問が「私」につきまとう。ましてや「私の消滅」が語られるにおいてをや。かくして「私」をめぐる怪異なミステリーの誕生に立ち会うことになる。

冒頭、「僕」なる人物は机上の手記を読んでおり、その筆者である小塚亮大に成り代わろうとして、「小塚の身分を手に入れ」、「早く姿を消さなければならない」と考える。

『私の消滅』の語り手「僕」とは、そも何者か？

この問いを頭の片隅に置きながら、読者はとりあえず小塚が書いたと知れる手記を読み進む。ちなみに手記や日記というジャンルは、一般に一人称の「私」あるいは「僕」で記述され、『**悪意の手記**』（２００５）以来、中村文則が好んで用いた手法である。

『**私の消滅**』の手記では少年の小塚に起こった三つの大きな事件が語られる、——妹を崖から落として大怪我を負わせたこと。母とのあいだで結んだオイディプス的な倒錯愛。ある女性をストーキングして、その白い足にフェティッシュな欲望を抱き、彼女にぶつかった拍子に精通したこと。彼は情緒不安定と診断され、児童自立支援施設に送られる。そこで「内面を修理され、後に私を恐れた母が引き取りを拒否し、別の大人に引き取られるまで児童養護施設で暮らすことになった」。

小塚が母に見棄てられるところは、桐野や**吉田修一**（鷹野シリーズ）に通じるが、ここではまず、さりげなく「別の大人」と呼ばれる謎の人物に注目したい。この男こそ吉見という名の諸悪の根元で、『**掏摸**《スリ》』（２００９）と『**王国**』（２０１１）で暗躍する「最悪」の男を思わせるメインキャラ。吉見は小塚の恋人ゆかりの治療に当たり、彼女の縊死の原因ともなった精神科医なのである。例の施設で小塚少年の「内面を修理」したのも、実は同一人物であった。

話がこんぐらかるのは、手記の筆者である小塚もまた精神科医になることだ。彼も決して無実（白）ではない。どころか、ひょっとすると**桐野**の『**緑の毒**』（２０１１）に登場する悪徳医師の一党かもしれない。ここには**谷崎潤一郎**の『**黒白**《こくびゃく》』風の黒白の反転がある。

『私の消滅』は精神科医の悪に係る物語なのだ。『**あなたが消えた夜に**』（２００５）には、頻発する犯罪に関して、「心療内科のクリニック。［……］原因はここにある」と悪の根源が名ざされる。悪人を一人称の主人公――僕もしくは私――に仕立て（以下、中村文則論では「僕」「私」の括弧は煩瑣だから略す）、首尾よく長篇を成功させられるか？　これは桐野の問いでもある――作家はこの危険な賭けに打って出る。あなたや私は、彼の仕掛けた僕や私もろとも、ストーカーなりフェティシストなりの陥穽にはまる、そんなクライシスに直面するわけだ。中村文則を読むとは、恐怖と戦慄の輻湊する、ジェットコースターにも似たスリルを疑似体験することに他ならない。

　ゆかりは小塚の元を去って、カフェ店主、和久井の恋人になる。小塚が和久井に送ったメールに、こうある。

「吉見という、悪魔のような医師がいます。彼なら、私を変えてくれるのではないかと。精神科の医師が精神科医を訪ねる姿は滑稽かもしれませんが」

## 奇妙なもの

　ついで本篇のテーマが提示される。「私はそこで、私を越えたいと思う。暖かさを感じない、何をするのにも躊躇というものを感じない、何か妙なものになりたいと思う」（傍点引用者）。

　一種**ニーチェ**的な〈超人〉を裏返した、堕落したアンチ・ヒーロー志向かもしれない。彼が吉見に次のように言うのは、自分のことであり、相手の吉見医師のことでもあった。「あなたは今、自分がつくった奇妙な存在が大体完成してたのを知ったんですよ。さらに自らカウンセリングをして変化させた相手にこうされるのです」。こう言って小塚は、かつては大柄だったが、いまでは老齢のため小柄になった吉見をスーツケースの中に詰め込んでしまう。

いや、小塚は暴力を振るったりはしない。今回の中村のヒーローは曲がりなりにも医師、それも人の心を扱う知的な心療内科医だから、そんな野蛮な振舞いには及ばない。彼はきわめて深くソフィスティケイトされた悪のプロなのだ。吉見は自分から進んでそこに入っていく。ミイラとりがミイラになる、――まるでマインドコントロールされたかのように。これは悪夢の洗脳空間の息づまる物語であり、似た者同士の悪魔的な精神科医の静かなバトルであり、加虐者と被虐者がいつでも反転する、サド・マゾヒズムの複合したサイコパスの心理ドラマなのだ。

**『王国』**にこうある。

「支配しているのは、マゾヒズムの方だ」

支配するのはマゾヒズムである――ここにサド・マゾヒズムの深い哲理がある（SMについては本書「10　桐野夏生」「11　金子光晴」参照）。

## 憂鬱な、あまりに憂鬱な

これらの小説には数多くの「妙なもの」が登場する。一例が**『R帝国』**（2017）の「何か妙なもの」。「妙な人」（**『銃』**［2003］）とか、「異物」（**『去年の冬、きみと別れ』**［2013］）とか、

「化物」（同）とか、さまざまな呼称で呼ばれる異邦人《ストレンジャー》。憂鬱な、あまりに憂鬱な、**ナカムラエスク**（中村的）な人たちである。

風俗で働くヒロインのゆかりにリベンジポルノを見せて恫喝し、彼女を死地へ追いやる二人組の男、木田と間宮の両悪人も、小塚の復讐によって人格を破損させるＥＣＴ（電気痙攣療法）をほどこされ、木田は「人間ではなくなり、何か他の、奇妙なもの」になるし、間宮もまた、「奇妙なもの」になってしまう。つまり、今まで小説の舞台を占めていた陰鬱に偏向した負のヒーローたちが、本篇では精神科医の治療によって「内面を修理」され、さらに奇妙な怪物となって姿を現す。それは「宗教によるマインドコントロールに近かった」（『**あなたが消えた夜に**』）。

換言すれば洗脳brain washingである。催眠といってもよい。『**私の消滅**』では洗脳の歴史が詳細に述べられる。作家にとって親しい主題なのだ。連続幼女誘拐殺人事件の宮崎勤について、手記4にこうある。

「幼女の服を脱がしそれを見るのは臆病な彼にできないから、その瞬間は背後に遊離した。しかしいいいいいいいいいいいいいいいいいいいいいいいいいいいいいいいい撮影したものであれば彼にも持つことができた。それは他人事として観れるし『相手性』がないからーー」

「相手性」とは「他者性」のことである。宮崎には他者性が欠けているのだ。現実の生《なま》の他者を遮蔽して、映像とだけ戯れるヴァーチャルリアルな若者たち。最初期の『**遮光**』（２００４）ですでに、交通事故で死んだ恋人の小指をホルマリン漬けにして肌身離さず所持し、このフェティッシュによって自己催眠をかけられる、死体愛《ネクロフィール》的な脳内の暗室の狂気の愛が描かれる。ラストで私はこの不気味な小指の切片を口に含んで食すにいたる。『遮光』の主人公は、「一瞬でも冷静になり、我に返った自分をよく呪った」という。

## 洗脳空間

その狂気の臨界にあって洗脳は、恋愛から戦争にいたるまで、最大限の振幅をもって威力を振るう。たとえば短篇「A」(短篇集『A』2014所収)で中国人の首を斬る日本人兵士を支配するのは、歴史と断絶した「自爆に似た」洗脳空間である、——「私は叫び声を上げ、のたうち回る支那人に刀を打ち下ろす」。

これは『**ねじまき鳥クロニクル**』で、バットで中国人を殴り殺す場面を喚起させる。**村上**のページにたち籠める暴力と死の臭いは、まちがいなく**中村**の短篇「A」をも領するし、それは**桐野**の『**OUT**』や『**メタボラ**』とも無縁ではない。『**私の消滅**』で言われるように、これら洗脳された兵士たちは、「普通の人間より暴力のそばにいた」。さらに短篇「B」(『A』所収)では、「自決の命令」と変わらぬ作戦命令の下、「軍医であるにもかかわらず、サックもつけず、彼女［慰安婦］の中に七度も荒々しく射精したのだ」。

『**私の消滅**』ではこう言われる。

「いわゆる〝カミカゼ〟、出撃前の日本の特攻隊員達にヒロポンが使われていた証言も多数存在する。現在の過激派の兵士やテロリスト達も様々な違法薬物を与えられてしまう」

シャヒドベルトを腰に巻いて、敵地に突っ込むボコハラムの自爆テロリストの少女たちの例を俟つまでもない。彼女たちは夢遊状態で自爆する。幸福な死（カミュ）といえるかもしれない。**村上**から**中村**へ、カルト、洗脳、テロリズムと、受け渡されていく今の時代の流れがあり、『私の消滅』で作者はそこに、〈謎の私〉なる新機軸を導入したのだ。

恋愛もまた洗脳と無縁ではない。さゆりとの恋に落ちた小塚はこう自問する。

「いや、そもそも、これは医師と患者の転移現象であるから、本当は彼女は僕のことが好きでないのでは？　これは洗脳でないのだろうか」。『**去年の冬、きみと別れ**』では、こんなパラドキシカルな恋愛が語られる、——「あなたは心配するために彼女を好きになったの〔原文ゴチック〕」。

これはいわゆるマゾヒズムとは事情を異にする。恋愛心理と洗脳の深い関係を述べたものだ。『去年の冬、きみと別れ』は『私の消滅』と似た構造をとる。ともに一人称の主体が意図的に僕というカモフラージュを使って湮滅される。いま引いたパートに現れる僕についても、「いったい……、きみは誰だ？」という問いが響く。『私の消滅』の読者が、冒頭で登場する僕に発するのと同じ問いである。そのことを強調するかのように、「きみは誰だ？」はゴチックになる。このゴチックは誰によるゴチックだろう？　あなたや私、読者によるものでないとしたら？

『去年の冬、きみと別れ』には、二人のライターが同じ僕という一人称で登場してくる。一人は孝之という名のフリーライター、もう一人はやがて編集者であることが判明する。この二人がともに僕で語ることが事態を紛糾させる。編集者は目の見えない女性を愛している。「心配するために彼女を好きになった」といってもいい。しかしこの恋する男（編集者）は悪人でもある。「去年の冬、きみと別れ」と、彼はタイトルを告げて恋人にこう語る。「僕は化物になることに決めた。僕は僕であることをやめてしまった」。この編集者は天才写真家についての本をつくろうとしている。そのためにライターに執筆を依頼したのである。つまり写真家の本をつくろうとする人物が二人いて、両者が意図的にごっちゃになる。だから写真家が拘置所——彼は二人の女性を焼殺した罪に問われ、死刑の判決を待っている——から書く手紙が小説に挿入されて、「きみは僕の本を書く。それはいい。でも僕の内面に、土足で入るのだけはやめてもらいたいんだ」とあると、この「きみ」は当然ライターだと思って読み進むうちに、土壇場に来て編集者であると知れる。

同じことが『**私の消滅**』でも発生する。その意味でこの小説の僕は、『去年の冬、きみと別れ』の僕を引き継いでいる。ここでもペルソナの交換、『私の消滅』にいわゆる「狂気の交換」が起こる。作家は『私の消滅』で、一人称の僕や私を使えば、主人公はいかなる仮面をもかぶることができる、という晦渋であるが効果的な手法を手に入れた。ときには私を僕と言い換えたりする。僕は仮面をつけて現れ、内部が空洞になっている。

**吉田修一**の『**国宝**』（２０１８）の女形《おやま》と同じだ。「化けた女をも脱ぎ去った跡はまさにからっぽであるはずなのでございます」——『国宝』の物語はそう語る。

『私の消滅』の僕や私は、あらかじめ消滅し、失われた僕や私なのだ。それは失われた者たちに与える哀歌である。いかなる心理も、いかなる正義も、いかなる人間性も、本来的なものではない。このhollow men（T. S. Eliot）に、私たちはどんな名前、どんな身分《アイデンティティ》を挿入することもできる。マスクだけは欠かせない。悪のマスクなら、なお好ましかろう。僕には確たる性格や人格があるわけではない。誰でもいい誰か、なのだ。『悪と仮面のルール』（２０１０）で言われるように、「僕の顔の境界」が曖昧になり、溶解している。『私の消滅』冒頭に登場する僕は、小塚のアイデンティティを手に入れ、小塚の手記を読み耽ることによって、小塚の身分をインプットされた人物、――小説の用語を使えば、小塚を「入れた」僕である。すなわちこの僕は、小塚亮大に成り代わった木田ないしは間宮、どちらかのワルであることが明らかになる。

## 幽体

木田か間宮か、どちらの人物であってもいい。両者は風俗で働くゆかりのビデオを撮り、彼女を脅す悪役でありさえすれば、どちらでもよい。彼らは交換可能な男たちなのだ。とはいえ、手記７まで読み進むと、この男は木田ではない、間宮であると特定できる。小塚によれば、木田の洗脳は「上手くいかなかった」のである、――「木田は脳を損傷し過ぎた。だから間宮は、もっと慎重にやらなければならない」。以下は小説のポイントとなるパートだ。リベンジポルノで強請《ゆす》られたゆかりのことを僕に話すのは、小塚に次ぐゆかりの恋人、和久井である（パート11）、――「……彼女は自殺したのです。和久井［和久井は自分のことをこう名乗る］の元で平穏に生きていた彼女に異変が起きた。彼女は全てをまた思い出してしまった。彼女が昔撮られていたビデオを見せた人物がいました。木田と間宮という男です」。

ここには小塚と間宮、二人の僕の相互貫入、**メルロ＝ポンティ**のいわゆるキアスムが起こっている。**吉田修一**の『**橋を渡る**』（２０１６）で現在の明良《あきら》と近未来の謙一郎のペルソナが混在し、縺れるように。同作で起こる幽体離脱のように。『橋を渡る』の謙一郎は「まさにすとんと落下するように消えた」のである。『**私の消滅**』では、僕を間宮だと思っていた読者に混乱が生じる。この混乱はしかし、間宮の中に小塚が貫入している、と考えれば解決する。小塚が間宮を洗脳し、そこへ小塚の手記、小塚の僕を「入れた」のだ、と。——男が女を洗脳し、愛し、性器を挿入し、性的エクスタシーに誘導するように。これは逆もまた真だ。和久井は続ける。「あなたはその木田と間宮に復讐することになる」。あなたが間宮であるとすれば、間宮が間宮に復讐するとは、どういうことか。「恐ろしい復讐です。あなたの存在そのものを、彼らの脳内に埋め込もうとした」。

彼らとは木田と間宮である。するとあなたとは誰か？　という疑問が再浮上する。間宮だろうか？　間宮が間宮に間宮を埋め込もうとした？「……わかりますか間宮さん」。間宮さんと呼ばれると、間宮ならずとも僕は、「よくわからない」と答えざるをえないだろう。しかし解は次の和久井のせりふにある。

「私の名は和久井。私は全てを捨てこの復讐に乗った。そしてあなたをずっと診ている先生が誰か」

こう尋ねて、すこし間を持たせ、和久井は駄目押しする、――「……もうわかりますね」。そう、これで分かった。難問は解決した。この先生、この僕、この私が鍵を握っている。解とは、本篇の謎の人物、僕の秘密を握る主人公、――小塚亮大である。手記5で悪徳医の吉見は、もっとも読者が警戒すべき人物を既にこう名ざしていた、「……小塚亮大」と。間宮は小塚であった。間宮の僕の中に小塚の僕がインプットされ、僕が僕に転移していた。幽体が憑く。僕は二人いた。ここにすべての混乱の原因があったのだ。

そう、主人公の小塚亮大こそ、間宮以上、吉見以上に悪であったのだ。

## 磨かれ、洗練されて、シャープな、なま足

そのことがよく理解される、もう一つの情景がある。こちらは**谷崎**の足フェチを〈引用〉する**中村**フェティシズムが明瞭に現れる場面――パート14である。ここでも間宮と小塚が混在し、混濁して、見分けがつかない。

「薬をください」と、いきなり始まる。「渡してると言ったでしょう?」と医師が繰り返す。医師というのだから、小塚か吉見だろう。「では違う薬をください。……窓の木が、いや、声が」。「窓の木」というのは、僕のオブセッションになって繰り返される窓の外の樹木である。この僕が冒頭の僕と同一人物であり、いままでは間宮に違いないという心証が強まる。医師に促されて僕は話し出す。「ベッドで寝ていると、ゆかりの嫌がる声がする。その声を聞いていると、映像が浮かぶんで

す」。

ゆかりにカメラを向ける間宮の、生身の女性から「背後に遊離」した離魂現象のことを言っている。いわゆる「あくがれいづる魂」（**和泉式部集拾遺**）のもっとも堕落した形式だろう。ところが、「デジカメでその様子を撮ろうとする奴らがいて……」とあると、また分からなくなる。「奴ら」とは？　間宮なら自分のことを「奴ら」とは言わない。しかし「そのうちの一人がなぜか僕なんです」。なるほど、僕は「奴ら」の一人なのか？　ならば、いま「あなた」と呼ばれる僕は誰なのか？　僕はこうして白を切るのか？　どこまでも韜晦するのか？

「でも、妹や母のことを思い浮かべる時と似てます」。それに対して医師は、「それはあなたの倒錯です」と断罪する。そこで僕は自分の倒錯した愛を白状することになる、――「あと、妹の足……」と。「足……？」とあれば、すぐさま思い起こされる情景がある。ページをめくり、手記2に戻る。この手記の筆者はとりあえず小塚と考えてよい。次のような足のフェティッシュが摘出される。医師のメスが一閃する。**ボードレール**も言うように、恋愛とは手術なのだ。この手術は受け身でもあれば、能動でもある。メスを振るう者でもあれば、振るわれる者でもある、――少年の私は、

「短いスカートから出ていた白く、弾力というか、柔らかさを感じる二つの長い足、特に露わになっていた太ももを見た時、性器が酷く大きくなっていった」

この白くて長い脚、露わな太ももが、メスになって私を手術する。フェティッシュによる執刀だ。

とすれば、先のパート14の僕は、女の足に欲望を抱くフェティシストの小塚なのか。医師は吉見か。いや、むろん、そうではない。僕はあくまでも間宮だ。間宮であり小塚だ。間宮が小塚と二重人格になる。小塚が復讐する。幽体さながら、間宮に憑いたり、離れたりする。

間宮の中に小塚のフェティッシュが――小塚の固定観念である女の白い足が、完全に埋め込まれていたのだ。フェティッシュが幽体になったのだ。幽体、すなわちフェティッシュなのだ。幽体が生成する。狂気のフェティッシュが人格を完全に支配し、そこに君臨し、その人に取って代わる、――物の怪か生き霊のように。そのヒト本体は空っぽになり、フェティッシュが暴君さながら恣《ほしいまま》に振舞う。**『源氏物語』**の御息所の生き霊を思い起こせばいい。中村にとってフェティッシュは美しいサディストの女なのだ。フェティシズム、すなわち愛なのだ。間宮に入った小塚の女の足のフェティッシュは、さらに磨かれ、洗練された、シャープで美しいなま足を露出する。

「僕はその、服が破れて白く綺麗な足がむき出しになった少女を見ながら、性的に興奮したんだ」

そそる脚による愛のオペである。小塚が間宮の中から小塚の入れた小塚のフェティッシュを取り出してみせたのである、――エイリアンをメスで生体から摘出するように。僕――フェティッシュの占領するこの臨界ではもはや間宮と小塚の見分けはつかなくなるが、現実界にあっては間宮――は、この足の幻像に呼ばれるようにして、「足を。苦しい。――。足を、――。目の前に」と譫言を口走りながら、首を吊る。

――これは巧妙に操作された一人称を使って、人を自殺へと導く精神科医の悪を暴く告発の小説だったのである。

**輪になった鉄のフック**

いくつかのフェティッシュが幽霊のように漂流し、それらが縺れに縺れて錯綜する断章を、かろうじて繋ぐ目印の機能を果している。パート14では、女の足に次いで、こんな幻覚が現れる。「あのフックは何です？　あの鉄のフックは。なぜいつもあそこに紐がかかってるんです？　輪になって！」

この紐、この輪も、狂気のオブセッションである。だから、女の足のフェティシズムを告白した後で、輪になった紐と鉄のフックの幻覚を見る間宮に、医師の小塚は、「あれは、あなたがやってるんです」と脅しをかける。「夜中にあなたが突然起き、あのフックに紐をかけるところを私は見てしまった」。こうして暗に首を吊ることを仄めかすのである。「覚えてないのですか？〔……〕あなたは冗談ですよと言って笑って、また気絶するみたいに眠ってしまった」。強迫され、問いつめられた間宮は、「……そんな」と絶句する。

**「は？」「ん？」**

この「……そんな」は、パート6のラスト、「そんな……」から反響する。ダブル三点リーダー（……）も、「そんな」を央にして反転する。**中村文則**の小説の魅惑を解く鍵がここにある。彼は大事なところで人物のせりふを途切れさせる。間投詞の「は?」とか「んん」を多用する。後に見る**西加奈子**や**吉田修一**（『**東京湾景**』2003の「あ、うん」、『**横道世之介**』2009の「ん?」「は?」、『**橋を渡る**』の「ん? ん?」）等、多くの現代作家におけるように。ここに**中村**の会話の妙があり、彼の小説の醍醐味がある。このぶつぶつに切れた文体はどこかで読んだ覚えがあるという気がする。既視感がある。不快な既視感ではない。どころか、中村に特徴的な間テクスト性（**クリステヴァ**）に私たちは感応する。この体言止めと動詞の連用、オノマトペと短いフレーズ、頻出するダーシやダブル三点リーダー……。

そうだ、これは**デュラス**だ、と気づく。ここにはデュラスが入っている。「そんな……」から「……そんな」へ、反転し、反響するエクリチュールの秘訣がある。

## ヘルムート・ニュートン

「犬を捨てるんです」と夜道を行く人に声をかける若者がいる。**中村**のベストの短篇「世界の果て」（『**世界の果て**』2009）の一行である。相手は「え? 犬?」と聞き返す。自転車の荷台に見知らぬ犬の死骸を乗せて行く僕の話である。この話は僕が夜が明ける前に「どこかへ姿を消さなければならない」と考えるところで終わる。僕が姿を消したところで、私が現れて来る。一人称主体が僕から私に変わる。その点滅は『**私の消滅**』の僕／私の変換に似ているが、今度は、犬の絵を描く画家の女の話で、性別が変わるから、『私の消滅』のような一人称の混在は生じない。彼女は描きかけのキャンバスを前にして夜の外へさまよい出る想像をしている。そこでこういうことが起こる。

「見下ろすと、黒いスーツを着た男がいた。［……］男は腕と足をピンと伸ばした気をつけの状態で、アスファルトの地面にうつ伏せに横たわり、その姿勢のまま、私の足首を舐めていた」

この場合、『私の消滅』におけるように男が女の足をフェティッシュにするのは同じでも、主客が顚倒していることに注意したい。「世界の果て」の女はフェティシズムの客体であり、『私の消滅』の男はフェティシズムの主体である。客体が主体を支配する。SMの関係でいえば、『私の消滅』の僕はマゾで、「世界の果て」の私がサドだ。能動と受動が入れ代わる。立っているサドの女が、脚下のマゾの男に足首を舐めさせる。**ロバート・メープルソープ**か**ヘルムート・ニュートン**のSM写真にありそうな情景である。女の足のフェティッシュを軸にして主客が逆転するけれども、「世界の果て」のパート2の私も、パート1の僕と同様、「暗闇の中に溶けるように、ここではないどこかへ、消えていく自分を夢想する」。

これが溶解し、消え去る一人称の私であることには変わりがない。

**ヴァニシング・フェティッシュ**

フェティッシュとは消滅のメディアなのだろうか？　短篇「**世界の果て**」のパート4は〈消える人〉のオンパレードになる。ここに私のヴァニシングポイントが集約される。主人公はやはり私。

例によって、名前は明かされない。フリーの記者である。彼は「○○樹海」に消えた人の取材を頼まれる。編集長はやんわり、こうもちかける。「君はいつもその大きなサングラスをしてるし、私はペンネームしか知らない。君は自分の過去を、一切話さないからね……。もしかして、ひょっとしたら君もさ……」。

消えるんじゃないか、と鎌をかけるのである。樹海で一人の男が行方不明になり、その男を捜す探偵も行方不明になって、その探偵を捜す友人も、消えてしまう。**オースター**や**タブッキ**が得意とするウロボロス風失踪＋探索譚である。記者は失踪者が泊まった樹海近くの旅館にやって来る。嫌な予感がするので、編集長から渡された資料の封筒を開封してみると、最初に消えた男のポラロイド写真が入っていて、何とそこには「二年前の私が写っていた」。

私こそが真っ先に消えるのである。あるいは私はもう消えているのか？　もう以前から存在しない幽体、物の怪のモノになっていたのか？　部屋に四十歳くらいの黒髪の女将が入って来る。上品な美しい女で「腰を屈めると白い足首が見えた」。ここでもなまめく足首のフェティッシュがフラッシュする。女はうつむきながら、うなじを赧くして、「三万円ですが」と切り出す。誤解のないようつけ加えるが、この作家は娼婦に対する嗜好を隠さないタイプである。

記者は翌日、樹海に入る。一匹の犬が先導する。またしても犬だ。犬が短篇の隠れたモティーフを構成する。男のモノローグのなかに、彼から去って行った女として西崎佐恵子という名前が出て来る。パート3でヨシユキという高校生が後をつける女の名前も西崎佐恵子だった。「**世界の果て**」

はこんなふうに無関係なエピソードがランダムに集合しながら、たとえば女の名前が断章のあいだに漂流し、バラバラの各篇を繋ぐ媒《メディア》の役割を果たす。パート2で夜の戸外を行く画家の女が、「犬を捨てるんです」という謎めいたせりふを符牒とする若者と出会うのも、「え？　犬？」という間の抜けた返事が返されるのも、パート1の死んだ犬を自転車で運ぶ若者の話と同じだ。彼女が見るカラスの群れの「巨大な黒い亀裂」は、「爆発的な羽音を立てて、その固まりの一点からカラスが花火のように散った」。

　むろん、数羽のカラスが飛ぶ風景は女に**ゴッホ**の「**カラスのいる麦畑**」を思い起こさせる。ゴッホといえば短篇集『**A**』の一篇「**糸杉**」の主題を奏する糸杉の絵だ。そこにも失業中の男がストーキングする風俗の女の、「黒髪だけが空中にわずかに残り、細く円を描きながら消えたように思えた」というフレーズがある。この渦を巻く女の黒髪はゴッホの「糸杉」の渦を喚起する。作者には娼婦とストーカー行為への偏執があるようだ。『私の消滅』のゆかりも風俗の女だった。「**世界の果て**」パート4の取材記者が旅館で関係を持つ女将の黒髪も、ナカムラエスク（中村的）な黒のモティーフを変奏する。生霊たちが跳梁する。見知らぬ犬に先導されて樹海に入った記者は、いつの間にか崖に来て、圧倒的に拡がる闇の裂け目を前にする。そのとき誰かの目が背中を押す。背後に視線を感じながら、「私は崖に向かって、静かに飛んだ」。

　樹海に消える記者の軌跡に、『私の消滅』の同じモティーフを見出すことができる。それはこの長篇のすべての fragments を繋ぐ媒《メディア》――悪を名ざす「黒い線」のヴァリエーションである。手記

1の「緩く絡まりながら伸びていく、黒い線を見たように思った」に始まり、手記2の「また黒い線を見たように思い、先が枝分かれし迷うように拡がっていく」で**ドゥルーズ／ガタリ**的なリゾーム状の運動を繰り拡げ、手記5で吉見が小塚に言う、「君の中にも［……］あっただろう」「暗い線」によって、二人の精神科医を繋ぐ悪のリレーが示唆され、小塚がスーツケースに入った吉見に語るせりふ、――「今のあなたが、僕からあなたに向かう黒い線、それを美しいと思えるかどうか」から、小塚の独白する次のコーダ、――「この世界の背後に溢れる様々な黒い線、そのダメージを少しでも静めるように」まで、すべての黒い線が走り、錯雑し、炸裂し、暴発する寸前にあって、巨大な、名づけえぬ悪を指さし待機する。かくして小塚は、今とは別様の改心した普通の人の平穏な人生か、黒い線のダメージを癒す精神科医の人生か、骰子一擲を賭けて、自分を例の妙なものに変えるリスクを冒し、ＥＣＴ（電気痙攣療法）のスイッチをみずから入れるのである。

このヒーローの憂鬱、その病理、ヒポコンデリーは、犯罪者のそれに近似する。私は犯行の現場に渦を巻く黒い線の限りなく近くにいる。

## 3　平野啓一郎——『ある男』

### 転落

もう一人、〈私とは誰か〉と問う人がいる。**平野啓一郎**の『**ある男**』（２０１８）である。

『**文明の憂鬱**』（２００２）のエッセイ「午後の真空」で、平野は中学時代の神秘な体験を回想する。

「その時突然、私の中に真空が忍び込んだのです」

それは死を思い起こさせるというより、「何か神隠しのような突然の不在の溝への転落を想像させました」と。

ここに平野の原体験がある。

彼は何度でも、この真空、この不在への転落に戻ってゆく。

新作長篇『ある男』では、原誠《まこと》という主人公の「深手を負った物語」に、その墜落は転写される。

原の負った深手とは、父の小林謙吉が犯した殺人である。

三重県四日市市で一九八五年、ギャンブル依存症の父は、隣家の社長夫妻と一人息子を包丁で刺殺し、証拠隠滅のため放火、九三年、死刑に処せられた。

〝死刑囚の息子〟の汚名を負ったヒーローは、母方の原姓を名のり、ボクシングのジムに入って、東日本新人王トーナメントで優勝するが、「人間の最後の居場所であるはずのこのからだが地獄」と自覚する深刻な苦悩を抱き、全日本決定戦のリングに上がることを辞退した。

のみならずマンションのベランダから転落、ボクサーの夢も「パー」にしてしまったのだ。

これが『ある男』の転落の物語である。むろん平野の愛読する**カミュ**の『**転落 *La chute***』も含意されよう。ジムの練習仲間はこう語る。「なんかもう、どうしようもなくなって、何もかもから逃げ出したかったんじゃないですか?」

『ある男』とならぶベストの長篇『**決壊**』（2008）では、沢野崇《たかし》はベランダから身を乗り出し、**ドストエフスキー**を思わせる独白で、自らの飛び降り自殺を予告する。『**空白を満たしなさい**』（2012）の主人公にとって、彼の転落はオブセッションである。短篇集『**あなたが、いなかった、あなた**』（2007）でも、そんな身投げが繰り返される（「『**フェカンにて**』」など）。

――『ある男』の転機となったヒーローの失墜が、いかに新作が「前作を踏まえつつ」（同）錬成された、周到な熟慮の賜物であるかが、納得されよう。

## もう一人の〈ある男〉

原誠の転落死未遂はしかし、彼自身の口から語られるのではない。『**ある男**』で原は一貫して客体objectである。原の〈背中〉を見つめる語り手がいる。

それは城戸章良《あきら》、――弁護士だ。

城戸が原の死後、その足跡を追い、取材し、大部の報告書を作成する。

やがて、原の背中を追う城戸が、原の衝迫を背中に感じる瞬間が来る。

この神経の繊細な**芥川**的心性の持ち主は、妻の香織《かおり》に「変なこと考えてない?」、同僚に「大丈夫、城戸さん?」と心配される。これとよく似たせりふで、**平野**より七歳年長だが、デビューはずっと遅い、**吉田修一**の『**春、バーニーズで**』(2004)に「……大丈夫よね」と妻に心配される場面がある。同じ吉田の『**静かな爆弾**』(2008)で、主人公に同僚が「お前、大丈夫か?」と尋ねる。『**橋を渡る**』の謙一郎が兄に方言で「……お前、大丈夫ながか?」と問われ、三連作『**ウォーターゲーム**』でヒーロー鷹野一彦も、アヤコなるヒロインに「大丈夫よね?」と質される。

「存在の不安」を抱えた、もう一人の〈ある男〉が、『ある男』でもこうして長篇の〝目〟となり、一作をリードする。

## 「私」

城戸は作者とおなじ一九七五年生まれ。原も同年生まれらしく、まず生年により平野↓城戸↓原↓城戸↓平野と、三つ巴のサーキットが回転を始める。『**ウェブ人間論**』（2006）で平野と対談する**梅田望夫**は、「一九七五年生まれの人はちょうど分水嶺に位置していますね」とコメントした。分水嶺とはつまり、就職氷河期の〈前〉と〈後〉の意味だろう。

城戸は横浜の都心に在住し、作家同様、プロの知的職業に従事する。『**ある男**』の「序」には、**谷崎潤一郎**『**春琴抄**』流の「私」も、ちらっと姿を見せる。平野の『**本の読み方**』（2006）に、小説はマジックミラーのようなもの、「しっかりと目を凝らせば、向こう側に作者が見えるかもしれない。しかし同時に、そこに映し出された自分自身を見てしまうのかもしれない」。私小説が社会的に持っている機能に着目した著者は（『**モノローグ**』2007）、「私」という謎をターゲットにする。**高橋源一郎**によれば、主人公が次第に平野啓一郎に見えてくる、という意味で『**決壊**』は私小説なのだ（対談集『**「生命力」の行方**』2014）。『ある男』の「序」には**マグリット**の絵《複製禁止》に似た錯視も設けられる。――鏡を見る男がいて、鏡の中の男も、背中を見せて同じ鏡の奥を見る。重なりあう二人の背中。

さらに「序」は本篇の核《コア》を精確に指し示し、「読者は恐らく」と私たちを誘導する、――「その城戸さんにのめり込む作者の私の背中にこそ、本作の主題を見るだろう」

### 消失点

主題とは**『透明な迷宮』**（2014）の一篇「Re: 依田《よだ》氏からの依頼」で、「肉体の遠近法の彼方に」かいま見られる「消失点」かもしれない。**『マチネの終わりに』**（2016）で章のタイトルになるヴァニシングポイント（本書「2　**中村文則**――**『私の消滅』**」参照）かもしれない。この甘美でロマンティックな味わいを持つ、クラシックな装いの小説（『マチネの終わりに』）はヒーローとヒロインがエレガントなフーガを奏し、「彼方の消失点で結び合っているように見える」。

**谷崎**の**『夢の浮橋』**との関連を思わせる**『高瀬川』**（2003）の中篇「氷塊」にも、同一のテーマが読みとられる。上下二段からなるこの小説に確認されるのも、少年を主役とする上段の物語で語られる、本当の母と今の母のあいだに開く、悲劇としての「空洞」なのだ。

おなじ焦点／消点を**『ある男』**に見る。

原誠の背中を追う、城戸章良の背中を追う、作者の背中を追う、読者の背中を追う、私の背中を追う、……つぎつぎと生起する追跡の背景には、**『一月《いちげつ》物語』**（1999）の「ここには何もありません。何も」、**『かたちだけの愛』**（2010）の「［切断した恋人の足の先には］何もなかった」、――〈ある女〉ならざる〈ある男〉の、消えてゆく後ろ姿が浮かぶのである。

## 西へ

〈ある男〉が小説に初登場するのは第1章、九州は宮崎県のS市でのこと。作者は小説の舞台を西日本に設定するケースが多い。**『日蝕』**、**『葬送』**（2002）のフランス、**『ドーン』**（2009）のSF的宇宙を別にすれば、作者は小説の舞台を西日本に設定するケースが多い。

**平野**は「還元主義的な」解釈が「好きではない」（**『ショパンを嗜む』**2013）とはいえ、**古井由吉**との対談で、自分は「ずっと西日本の人間だったんです」と強調する（**『「生命力」の行方』**）。**『滴り落ちる時計たちの波紋』**（2004）の一篇「初七日」は作家の育った北九州市を舞台とするし、同書の「瀬死の午後と波打つ磯の幼い兄弟」も、九州地方の荒っぽい方言が光を放つ。関西弁『**O嬢の物語**』と称すべき**『顔のない裸体たち』**（2006）の、「チンポ、しゃぶってや」という平野ポルノの強烈なセリフにはド肝を抜かれる。

関東大震災以後、関西に移り住んだ**谷崎**への傾倒もあろう。**『卍』**の大阪弁を参考にしたい。十津川を舞台とする**『一月物語』**は、幻の女の「背《せな》」を追うflâneurの物語だが、平野の西への愛着が色濃く投影した作品だ（flâneurは「さ迷う人、ぶらぶら歩きする人」の意でフランス語。本書「13 **西加奈子**」「ゲイのジェンダー」のパート、「14 **ロラン・バルト**——『テクストの楽しみ』」参照）。

## 変身

洗練の極み（『**かたちだけの愛**』、『**マチネの終わりに**』）と、野卑の極み（『**顔のない裸体たち**』）と。——二者の並在にこそ、**平野**の真骨頂は存する。

『**ある男**』はそうした両極端の調和の成果にほかならない。

城戸の調査によると、原はボクサーを断念した後、九年の流浪の果てに、宮崎県S市の〈シャッター通り〉に姿を現す。リポーター城戸はこう推測する。「「ジムに入って来た」原誠が、S市で初めて里枝の文房具店を訪れた時も、確かそんな風だったのではなかったか」。

城戸のなかで二つの場面が溶けあうように混淆し、「それが、この世界の断片との、彼のいつもの、警戒心に満ちた触れ方だったのかもしれない」。**フォークナー**の名作『**八月の光**』におけるジョー・クリスマスの登場もかくやと思わせる、まさしく伝説のようなヒーローの出現である。

里枝《りえ》とは本篇のヒロインの一人。離婚して横浜から宮崎に戻った中年の女性で、横浜時代に離婚の調停で弁護士の城戸と知りあい、前夫との間に悠人《ゆうと》という息子、谷口大祐《だいすけ》こと原誠と結婚して花《はな》という娘を儲けた。

原はそのときどきに「世界の断片」と出会う、つぎはぎだらけのアルルカンの衣裳をまとったペルソナで、出現するたびに姿を変える。作者に似た千変万化の男である。原が変わるように**平野**も変わる。両人は迅速な変化において遭遇する。原の短い生涯には数知れぬ欠落や穴やブランクがある。まさにブラックボックスの男というべきだ。〈空白を満たしなさい〉――そんな使嗾が聞こえる。北千住の寂れたジムのボクサーと、宮崎で林業に従事する静かな男を、同一人物と見抜くことができるだろうか？　近隣のスケッチを見せて里枝と親しくなり、結婚し平穏な家庭を営む谷口大祐なる男は、名前も職業も異にする、まるきり別人ではないか？　**吉田修一**の「今日のあいつと、昨日のあいつが繋がらない」、「毎日別人と会ってるような」解離性同一障害の男（**『森は知っている』**２０１５）。ブツブツに途切れた人格だが、これは平野が提唱する「分人」ではないか（**『私とは何か「個人」から「分人」へ』**２０１２）？　彼は「本当は違う誰か」ではないのか？　**『顔のない裸体たち』**のベストシーン、その幕切れで、「お前は一体、誰なんや？」と誰何される、奇怪な和製Ｏ嬢の同類だったのではないか？

## なりすまし

里枝と会う原誠は、林産業に勤める谷口大祐と名乗って自己紹介した。このニセの大祐は里枝と婚姻後、わずか三年九カ月で伐採した杉の下敷きになって早逝。彼女は亡夫に厳しく禁じられていたのに、――一周忌を経て――群馬県で旅館を営む故人の実家に連絡した。

さっそく兄の恭一が宮崎へ飛んで来る。しかし仏壇に遺影の写真を見て、言下に「コイツは、僕の弟じゃない」と断言。

「誰かが大祐になりすましてたんですよ」

この不可解な出来事の調査を引き受けた弁護士の城戸が、谷口大祐の名を騙った〈ある男〉を、職業的な習慣でXと名づけ、その探索に乗り出したのだ。

**平野**が〈なりすまし〉を小説のモティーフとするには、『**決壊**』を始めとして『**ドーン**』、『**空白を満たしなさい**』、『**透明な迷宮**』ほか、長短篇に枚挙の暇がない。『**ある男**』はその集大成である。

城戸は職掌柄「確定死刑囚の公募美術展」を観て、一家三人を惨殺した小林謙吉が描いた風景画に、見覚えがあると直観した。

Xがスケッチブックに描いた絵と瓜二つなのである。

すでに4章でXの写真を眺め、謙吉に余りに似ているので、「どこかで見覚えがある顔のような気がした」と城戸は思う。彼は何かのメディアで死刑囚の顔を見たことがあるはず。遺伝的にもXの風貌は「哀れなほどに父親に似て」いるのだ。

「彼の純粋な心の反映のようなあのスケッチは」と弁護士の城戸は核心に入る、──「父親の獄中の絵とそっくりなのだった」。

小林謙吉には誠という名前の息子がいた。

こうして正体不明のXは、──まるで現像液に浮かびあがるプリントの画像のように──原誠の肖像と符合する。

しかし原が「身許のロンダリング」をして谷口になった経緯を解き明かすのは、城戸にとって決して容易なことではない──。

原はまず某と戸籍を交換し、その男になりすます。

仲介をする小見浦《おみうら》なる戸籍ブローカーが、すこぶる生彩を有する。この「物悲しい、悪い冗談のような」詐欺師の男は、いかがわしくも愛すべきトリックスターで、丁々発止のやりとりが抜群にうまい。刑務所で城戸と面会するや、開口一番、「いや、こんなイケメンの弁護士先生に会いに来てもらえるとは！」

そしていきなり「先生、在日でしょう？」と切り出すのだ。

ついで原は小見浦を介して、谷口大祐の戸籍を買い、宮崎の辺鄙な町に現れて、里枝と結ばれ、「かわいそうに」と作中でくり返されるように、二〇一一年九月、仕事中の事故で命を落とした。

## トライアングル

——東日本大震災で記憶される年である。

ここで原の数奇な運命は城戸のそれと微妙にシンクロする。

城戸は在日三世。この国が震災後とみに右傾化し、ネトウヨが横行する世相で　政治的意見の相違もあって、セックスレスの妻の香織とのあいだに、一触即発の緊張が走る。

妻は「新しい上司」との浮気が怪しい。夫は「美人」の美涼《みすず》にうつつを抜かす。諍いは城戸がテレビでヘイトスピーチ特集を観ていてピークに達する。カウンターデモの輪に美涼の姿をみとめたのだ。美涼はXの取材で親しくなったヒロイン。恭一と大祐（本物の）といういがみあう兄弟の

「元カノ」だった。――そのとき唐突にテレビが消え、妻が「リモコンをテーブルに音を立てて置いた」のだ。

香織は在日を扱うテレビ番組を、夫や息子の颯太《そうた》に観てほしくなかったのか。それとも、「宮崎出張が発端だったので、彼はその［嫉妬の］相手を里枝だと思い、呆れていたが、その実、香織が予感していたのは、美涼の存在だったのか」。

夫妻のこうしたクライシスは**谷崎**の『**蓼喰ふ蟲**』以来のサスペンスだ。違いは、本作では二人の関係が終盤で修復される点にある。

城戸、香織、里枝、大祐、恭一、美涼……の織りなす「三角形的欲望」（**ジラール**）は、**平野**練達の恋愛模様の華だろう。

**Pandémie（世界的大流行《パンデミー》）**

――発端といえば、小林謙吉の殺人と死刑だった。

息子の誠は家郷との絆を絶ち、戸籍を〈洗浄〉して里枝と結婚、つかの間の「幸福」を手に入れる。

翻って里枝や、彼女の子どもたち、悠人と花の人生は狂わされてゆく。

里枝とか幼い花はまだしも、中学生になる悠人はどうか？　母親が離婚すると旧姓武本に変わり、母が〈大祐〉と再婚して谷口姓になり、それがまた城戸の尽力で武本に戻る。

自分の父は、自分は、誰だったのか？　誰なのか？

悠人は名前に翻弄される。混乱する。自分で自分が分からなくなる。

この混乱は感染するものだ。

Xの追跡にはまってゆく城戸にも、おなじ混乱がうつる。城戸には「自分自身も不可解だった」。

この真空、この不在（前出）がXについてまわる。だれもが謎のXに感染してしまう。**ロラン・バルト**が（**バルザック**の『**サラジーヌ**』を分析して）『**S／Z**』（1970）で論述した、去勢する〈無〉の汎流行 pandémie だ。

転落から不在へ、――『**ある男**』を私はこの流れで解した。

そして最後に新生《ヴィタノヴァ》がやって来る（本書「14　**ロラン・バルト**――『**テクストの楽しみ**』」参照）。

## Vita Nova（新生《ヴィタノヴァ》）

最大の犠牲者は悠人である。悠人が一番「かわいそう」だ。

この災いから少年はいかにして救われるか？

死んだ義父の〈大祐〉を愛する悠人は、里枝が依頼した弁護士の報告を読み、長篇が着地するエンディングで、「蛻《ぬけがら》にいかに響くか蟬の声」という俳句を発表、全国紙のコンクールで最優秀賞に選ばれる。

この句は変身する〈ある男〉を寓意して余すところがない。平野には「**最後の変身**」と題した**カ**

フカ＋ランボーの文体模写《パスティーシュ》がある（『滴り落ちる時計たちの波紋』）。芥川への親炙とあい俟って、悠人の遠い将来に『日蝕』で〈三島の再来〉と謳われた平野啓一郎その人を見る向きもあろう。

　里枝が終章で「文学が息子にとって、救いになっている」と思うのは、その意味で解される。それは逆にいえば、文学を超える地平に悠人は出たということだ。

　平野も、同様に。

――『ある男』で作家はキャリアのピークを極めたのである。

# Ⅱ 転調

# 4　桐野夏生――『ＯＵＴ』『ダーク』など

## 死線を彷徨いながらサバイブする

しばらく桐野夏生から遠ざかっていた。「１　桐野夏生」における死を前にした〈笑い〉に続いて、本書の本命であるサバイバルのテーマ（「結語　サバイブするヒーロー／ヒロイン」参照）を追うことにしたい。

パート１で何人かの死者たちを見たが、これらの自死する人や死んでゆく人の至近にあって、しかし桐野の女たちはしたたかにサバイブする。

この延命の作法については、**『ダーク』**（２００２）を含めて、作者の証言にこと欠かない。

まず村野ミロ・シリーズの掉尾を飾る『ダーク』では、探偵ミロがヒーローの韓国人・徐鎮浩《ソジンホ》に、「ジンホ、何があっても死なないって約束して」と生き延びることを懇望する。

忘れないようにしよう。『ダーク』で初めてサバイバルの精神が正面に迫り出したのだ。

ラストの第十一章では、那覇空港に着いたミロは場末にホテルを取ってさっそく職捜しをはじめる。タクシーの運転手に国際通りのキャバレー「ダークエンジェル」を紹介されると、長篇のタイトル『ダーク』を読者に想起させながら、桐野調のこんな述懐に耽るのだ。

「蛇は夜、目覚める。私の中にも毒の蛇は確実にいる。その姿は現れたり、隠れたりする。この街ではどうだろう。ダークエンジェル。私は是非ともその店で雇って貰いたいと願い、汗に濡れた髪を何度も手で整えた。生きて、徐を待つために」

ここにミロとともに作者のセルフポートレイトが鮮明に浮かび出る。これが『ダーク』のエンディングである。と同時に、私たちに懐かしいあのミロ・シリーズのラストとなる。読者は桐野ワールドの永遠のヒロイン、あの村野ミロに別れを告げるのだ。ミロに桐野がぴったりと重なり、彼女は未知の領野に解き放たれる。

桐野の主人公の原型にミロがいることを忘れるべきではない。この女探偵を持つことによって、桐野のヒーローたちにジェンダーの揺らぎが生じるのだ。『**メタボラ**』の「僕」がその代表だ。彼はいつも自分がゲイではないかと疑う。

引用した蛇は案外、桐野に似合う生き物なのかもしれない。それは短篇集『**ジオラマ**』（1998）の「**蛇つかい**」を嚆矢として、『**ポリティコン**』（2011）第二部第一章は「ちいさな灰色の蛇」と題され、『**とめどなく囁く**』（2019）でも、その終章で蛇に言葉をかけ、「石組みの中で眠る蛇は、自分の怯えを知っているだろうか」と、主人公の早樹《さき》は問う（本書「8　桐野夏生」ラスト参照）。エッセイ集『**白蛇教異端審問**』には、自分を白蛇になぞらえて「にょろ」とつぶやくところもある。

ここで『ダーク』前後とそれ以後にあらわれる、サバイバルのテーマを洗い出そう。

すでに『ダーク』の三年前、直木賞受賞作『**柔らかな頬**』（1999）に主役のカスミの言として、「ただ、ずっと生き抜いていくの」と予兆的なサバイバルの発言があり、泉鏡花文学賞の『**グロテスク**』で才華が花開くと、語り手の一人、和恵が、「わたしは自分がユリコに似ていると信じ込むことでサバイバルしてきたのですよ」と告白する。柴田錬三郎賞『**残虐記**』のかどわかされた少女、生方景子（後の作家の小海鳴海《こうみなるみ》）は、「たった十歳の私が」と考え、「持てる知恵と体力と意志と、ありとあらゆる能力を総動員して生き抜こうとした経緯を何とか表したいと願っている」。婦人公論文芸賞の『**魂萌《たまも》え！**』（2005）でプチ家出してカプセルホテルに泊まる、夫を亡くしたばかりの敏子は、たまたまホテルで会った老女の宮里から身の上話を聞かされ、聞き代として一万円請求されると、「宮里は『寄付』でサバイバルしているのだ」と、むしろ感心する。作家の大伯父・萩生質《ただし》著「トラブル」（「文藝春秋」1930・4）に材を取った『**玉蘭**』（2005）のラスト「遺書」のパートは、桐野サバイバルの躍如とする部分で、生き延びる老人たちの精悍な知恵が生きる。そこはやはり「質は微笑んで両の掌を擦り合わせた」と主人公の微笑で終わる。

作家の大化けを画する『**メタボラ**』の「おいら」となると、「ギンジのサバイバル能力をだいぶ気に入っている自分に気が付いた」と宮古島の方言を駆使して相方の才能を評価する。『**ポリティコン**』でもヒーローを活気づけて東北弁が用いられる。「んだんだんだ」（東一《といち》）とか、「二時半だ。少し寝るべ。マヤちゃん、こっちさ来。最後だから一緒に寝よ」（東一が真矢《マヤ》に）とか。桐野によれば「方言を使うと、喋る登場人物がすごく強くなる」のである。「急に人間に血が通うという感じがする」（『**発火点**』）。

谷崎潤一郎賞『**東京島**』（２００８）のユニークな登場者、ワタナベは「凄い男もいたものだ。真のサバイバーだね」と賞賛される。古事記を下敷にした紫式部文学賞『**女神記**』（同）のナミマは「死んだら最後。何とか生き抜いて」と念じるし、『**ＩＮ**』（２００９）の女性作家タマキは身勝手な編集者の青司《せいじ》とのあいだで、「どちらが先に立ち直るかのサバイバルゲームと言ってもよい」、そんな闘争をくり広げる。

桐野の男女は戦争状態にある。『**抱く女**』に、「直子は時折、自分たち女は、男たちと戦争しているんじゃないか、と思う瞬間があった」。レイプを扱う『**緑の毒**』にも、「最近、女もみんな武装してきてる。今に、女は全員、スタンガンを持って電車に乗るようになるよ。そうなると男と女の戦争みたいだよね」。

一九九七年、ブレークしてベストセラー作家に躍り出した『**ＯＵＴ**』は、桐野風サバイバルの好例だ。その終幕における佐竹と雅子の血みどろの壮絶な死闘に明らかなように、『ＯＵＴ』は桐野の作品系列で突然変異さながらに出現した長篇である。

まさに作者は佐竹について言われるとおり、「怪物を起こした」のだ。フランス語「怪物monstre」の語源には「見せるmontrer」があって、見世物の意がある、という**デリダ**の言を思い出そう。雅子や佐竹は**フェリーニ**の『**道**』で、胸の筋肉で鎖を切って見せるザンパノさながら見世物（芸人）の性格を持つのである。

ヒロイン雅子はラストでどんな出口を見つけるか？　それはもはや桐野の愛する都市、新宿でもなければ、（深夜の弁当工場でともに働くブラジルの移民労働者カズオが一緒に出発して行こうと誘う）ブラジルでもない。――〈どこでもないどこか〉（**日野啓三**）である。

なお『ＯＵＴ』は一九九七年下半期の直木賞は受賞できなかったが、「制度としての直木賞のラインからはじき出されたところにこそ、『ＯＵＴ』の真の栄光があった」（「オール讀物」１９９９・９）とする、一九九九年上半期の直木賞選評における**五木寛之**の評価を付言しよう。

スピード感あふれるピカレスクロマン、鉱物質の肌ざわりを持つ透明なアレゴリー小説、『**優しいおとな**』の一ページでは、「お前は何とかサバイバル」とサバイバルの歌が連呼され、「笑え笑え笑え笑え」とダダ調歌詞がバンドによって歌われる。

『**ポリティコン**』で唯腕《イワン》村という新しい村を夢見るトルストイアンの東一は、「ともかく、生き残る。それしか念頭になかった」。『**抱く女**』の直子は、早稲田の革マル派の学生でセクト間の争いで瀕死の重傷を負った次兄の和樹に、「死は最強。だけど、和ちゃん、生き延びてよ」と祈る。近未来小説『**バラカ**』のサクラは、原発事故の汚染地帯でガイドになり、バラカをアイドルに仕立てて金儲けをたくらみ、

「フクシマを利用しようとするヤツ、嘘を吐くヤツ、隠蔽するヤツ、ろくでもない人間が大勢集まって来る。でも、ここで普通に暮らして生き抜いてやるっていうのが、あたしとタツヤ［弟］の

出した結論だから、そのためには何でもするんだ」

と、うそぶき、原発と大企業の結託への抗戦を誓う。

**『夜また夜の深い夜』**（２０１４）の主人公マイコは手紙で、「七海《ななみ》さん、あたしはこうしてエリスとアナという二人の友達と、ナポリでサバイバルしているのです」と書き送る。マイコは最後に「南半球にある大きな街」に住むが、そこからやがて七海の住まうパリを目ざすだろう。

七海は最後まで小説に姿を見せないのがミソだ。彼女は虚点である。桐野の都市はこの虚点を出発点として、ナポリからパリへ、その他の諸都市へと開かれ、女たちはあらゆる災厄を乗り超えて生き延びてゆく。

マイコの本音はしかし、「どこの国の人間でもない。あたしはどこにも属していない、ただの十九歳の女だよ」。もしくは、「あたしはＩＤもなければ、パスポートもない幽霊のような存在です」という宣言にあろう。

幽霊にしてみれば死なんて仮そめにすぎない。何度でもサバイバルが可能なのである。

## 5　桐野夏生――『優しいおとな』『路上のX』など

### 都市のサバイバーたち

これらのサバイバーが生きてゆくのは田舎ではなく都市である。彼／彼女らは父や母を失い、家族の終焉を生きる。そして都市の原野を駆け抜けてゆくのだ。

一九五一年、石川県金沢市に生まれ、仙台、札幌と父の転勤で引っ越しを重ねた桐野夏生が、プロの作家としてデビュー（ロマンス小説、ジュニア小説は除く）した時期は正確には定めがたいが、一つの出発点として一九八八年、「すばる文学賞」の最終候補に残った**『冒険の国』**（２００５）を挙げることができる。

桐野、三十七歳のことだ。決して早い出発ではない。

さらに遡れば、『The COOL!　桐野夏生スペシャル』（２００５）に初めて発表された短篇「**プール**」があるが、これはさらに前年の一九八七年作。江戸川乱歩賞を受賞する前の、著者によれば試行錯誤から生まれた未発表短篇で、製薬会社に勤める鏡子と、大学の万年助手で、禊ぎや迷信、占いにはまる心霊主義の傾向を持つ高田が、プールで一種のマインドゲームを演じる（プールは水の縁で**吉田修一**に繋がる。プールを舞台とする「**Water**」［『**最後の息子**』１９９９所収］参照）。高田によると鏡子は鏡子ならざる「凶子」で、魔女扱いされてしまう。桐野の最初期作品にスピリチュアルなカルトの傾向が現れているのは、デビュー作にその作家のすべてがあることの証左だろう。ここには「もう一人の自分」という後のテーマ、そしてホラーへの嗜好もすでに窺われる。

この特集が初出の書き下ろし『**朋萌《ともも》え！**』は中断されたが、タイトルにも明らかなように、主人公を男から女に変換し、老年の心の空隙という主題はそのままに、五十九歳の敏子中心の長篇『**魂萌え！**』に生まれ変わった。

『**顔に降りかかる雨**』で桐野が江戸川乱歩賞を取って本格デビューを果たすのは、『冒険の国』から五年後、一九九三年のことだ。

そのプレデビュー作『**冒険の国**』の「取り残された人々」と副題された「文庫版あとがき」に、「この原点を周回して生きていくつもりである」と彼女は書いた。

たしかに『冒険の国』は桐野の原点である。作者はそこに何度でも「周回」していく。『冒険の国』で『**ハピネス**』（２０１３）や『**ロンリネス**』（２０１８）のような「空に浮かぶ部屋」（『冒険の国』）に住む「私」は（本書「７　桐野夏生」参照）、ディズニーランド周辺の海に向かって次の感想を抱く。「ここにあるのは、生き物の気配のしない矩形に切り取られた海だ」。そして彼女は「それでいいんだ」と思う。

この矩形の海に対して桐野はニュートラルである。〈善い・悪い〉の判断を中止する。**吉田修一**と同じポスト善悪世代といえる。そこから桐野の小説がはじまる。ここは**村上春樹**の短篇「**五月の海岸線**」（『**カンガルー日和**』1983所収）とはスタンスを異にする。

生き物は人間だけで充分だ、と。ニヒリズムだろうか。いや、彼女はニヒルであるには余りに人間にまみれすぎている。「雑駁な東京至上主義者」、ないしは「フワフワした都市生活者」と桐野は自分を呼ぶ（『**発火点**』）。

彼女にとって人工的な矩形の海でも、まだ自然に近すぎるのかもしれない。

桐野には原始の森（『**メタボラ**』冒頭）か、大都市の廃墟（『**優しいおとな**』）が似つかわしい。むろん『**ポリティコン**』の山形県「唯腕村」や、『**バラカ**』の岩手と青森の県境にある「ひのき農園」のような農村を舞台とする小説もあるが、なんといっても桐野は、千代田区一番町の深夜の静寂を愛した**日野啓三**か、水と石と鉱物だけからなる都会を夢見た**ボードレール**の同類なのである。

『**天使に見捨てられた夜**』（1994）で一色リナというAV女優の行方を追う村野ミロは、「父も街の人間なのだ」と、村善の愛称で親しまれる善三について語り、小説のラストでは、東京湾の海に背を向けて駅のほうに歩き出し、「私には人工の光のほうが似合っている」と、ミロのテリトリーである新宿二丁目の「宙空に浮かぶ部屋」に帰還するだろう。「女は二丁目で自立しなくちゃ」と『**ファイアボール・ブルース2**』（2001）で揚言するとおり。

桐野の造型する人物たちは、**『柔らかな頬』**にいうように、だれもが多かれ少なかれ「街の匂いがする」。癌で余命いくばくもないことを知った元刑事、内海は、長篇の途中からしか登場しないが、『柔らかな頬』の最重要の人物で、「街にいなければ内海は活躍できないのだ」と考える。**『メタボラ』**の「ワイルドでクールで、翳のある」ホストと自賛するアキンツを、『柔らかな頬』における カスミの最初の恋人、石山と同様、これら都市型ホストの一員に数えてもいい。「つまりは」と『メタボラ』で「おいら」は、慈叡狗《ジェイク》という芸名をもらって、みずからの演じるホスト業を、いみじくもこう要約する。「アイドル系とヤンキー系とオラオラ系と色恋系と枕系と銀次系。すべてがミックスされた理想のホストが、慈叡狗というわけさーよー」。

現在「すばる」で連載中の**『燕は戻ってこない』**にも、主役のリキ(大石理紀)が、沖縄出身の女性専用風俗のセラピスト、一種のホストを渋谷で買う場面がある(2019・11)。女が男を買って当然の時代が来たのである。**村上**の**『ねじまき鳥クロニクル』**で男が娼婦になる場面や、**吉田修一『犯罪小説集』**(2016)所収「**曼珠姫午睡**」で女性がセラピストから性的快楽を得る場面でも、こういう男女の逆転がみられる。**村上**から**吉田**へ、今日の世相を正確に映し出す証左である。

**『メタボラ』**の那覇にあるホストクラブでは、毎日の遥拝があって、「ホストクラブ発祥の聖地、歌舞伎町の方角に向かって一礼」することが恒例になる。那覇から歌舞伎町へのこの〈飛び地enclave〉こそ、桐野の都市のアポテオーズ(神格化)である。彼女の新宿は次いで渋谷へ飛び地するだろう。

内海と同じ「荒んだ感じ」、「ネガティブな荒み」（『発火点』）の流れを引く『OUT』の佐竹は、新宿歌舞伎町を彼の領土とし、「街にしか住めない」と独白しつつ、キリノエスク（桐野的）な歌舞伎町に帰依する。雅子も「あれは佐竹の街だ」との感想を抱く。最後に死闘を演じる佐竹と雅子は、歌舞伎町という新宿の街で結ばれるのかもしれない。

桐野の動体変化、その鍵となるモーメントが佐竹／桐野の〈私〉であり、新宿歌舞伎町なのだ。これが核となり、桐野特有の運動がはじまる。これもカルトをサバイブする作法だろう。

短篇「ルビー」（『アンボス・ムンドス』２００５）でいえば、「新宿西口高層ビルのネオン」。これが動機となって桐野ワールドが回転し出す。

タイトルも『路上のX』となると、「どうして渋谷に来るのかと問われれば、ともかく居場所がなくても、街に漂ってさえいれば、何となく過ごせて寂しさを忘れられる」と渋谷がすでに桐野の街の代名詞と化したようなのだ。

そういえば『グロテスク』の昼は一流企業の調査室副室長、夜はカツラを被った街娼に化ける、「怪物」と称される和恵が、ストリートで客を引くのも、渋谷の道玄坂ではなかったか。

もう一つ大事な都市のテーマでいえば、東京オリンピック前夜、一九六三年の時代背景を持つ『水の眠り　灰の夢』が、二〇二〇年東京オリンピック（これは新型コロナウイルスによって一年、延期される）前夜の都市開発ラッシュを予見することだ。

「パリは変わる」とボードレールは歌ったが、それどころではない。「信じられない変化」が起こる。「街も人もオリンピックを迎えるというので、狂躁状態になっているかのようだ」（『水の眠り灰の夢』）。これはオリ・パラ狂奔に走る、新型コロナ以前の東京を指すといってよい。

桐野はドキュメントとして過去へ、ときには六〇年代の近過去に戻っても、その意識はつねに〈いま・ここ〉の都市生活者へ視線を届かせる。

**『優しいおとな』**はキリノ都市小説の精華である。

同年、二〇一〇年刊の読売文学賞受賞作**『ナニカアル』**から『優しいおとな』への変わり身の速さにまず注目したい。これは超人的な変貌で、前者はジャンルとしては戦前の**林芙美子**を主人公とする恋愛小説、後者は近未来のピカレスクロマン。両篇のエクリチュールの変化には、驚くべきものがある。桐野は変身する。**平野啓一郎**のスピードといい勝負だ（本書「3　平野啓一郎」「変身」のパート参照）。この迅速な変容にこそ、桐野コスモスの核心《コア》が見える。

主人公はイオン。十五歳だが、年齢を超越する。まさに超人である。

とくに道玄坂のロッカー屋の婆さん、「十字屋のミツコ」と呼ばれる老女のキャラ立ちがめざましい。彼女の拳銃は先行して刊行された**村上春樹**『**1Q84**』BOOK2（2009・5刊。『優しいおとな』2010・9刊）の青豆が扱うヘックラー&コッホHK4を思い出させる。ミツコが細い金属棒を手にキュルキュルと頰を擦《こす》り上げるると、肌がつるつるになるという。「ゲルマニウムの粒が入っているのさ」とミツコ。

舞台は渋谷。

イオン、錫、ケミカル……と人物だれもが植物を根こそぎ抜き去った、まさにボードレール好みの無機質な名称を持つ。

イオンは一人で生きる。しかし桐野と等身大の分身、「もう一人の自分」に欠けてはいない。この分身は、「もうひとりの自分」から始まる『夜また夜の深い夜』では、「もうひとりの私」を呼び出し、その本に終始をつけるだろう（「目次」）。

分身たちはさらに鉄と銅の二人に分裂することもある。「イオンより三歳年上の鉄と銅は」と『優しいおとな』は言う。「まるで一人の人間だった。鏡を見ているような完璧な一卵性双生児で、歯並びや左頬の黒子の位置まで同じだった。聞き分けることのできない同じ声質で、ほとんど同時に同じ言葉を喋った」。

さながらにAIを組み込んだ人造人間である。ディズニーのアニメを思わせるところがある。ここでも笑いが重要な要素を占める。「なぜ笑うの」とイオンが聞くと、鉄が「今、イオンが笑ったからだよ。どうしてかわからないけど、イオンが笑うと、僕も嬉しくなるんだ」。

イオンが笑い、鉄が笑う。この笑いの二重唱に耳を傾けよう。まさにサバイバルと笑いの合唱である。

谷崎とともに血縁を認めない桐野だが（「血の繋がりなんか認めたくなかった」）、この小説のラストでは、両親に初めて会ってイオンが微笑むシーンが用意され、多くのキリノ・ワールドがそうであるように、いかにも桐野らしい、主人公の不可思議なチェシャー猫さながらの微笑で結ばれる。

もう一篇、都市のテーマで、『優しいおとな』の姉妹篇、桐野の都市小説のエキスというべき**『路上のX』**、「親に棄てられて居場所のない女子高生が街をさまよう」(「週刊朝日」2020・1・17)、タイトルも本パートにぴったりの長篇小説から、彼女らの餌食になるマゾヒスト、作中で〈どM〉と呼ばれる秀斗《しゅうと》をとりあげよう。

渋谷の女子高生、いわゆるJKたちの動静と、その仕事ぶりが描かれる。

主人公は真由《まゆ》とリオナ、それにミト。ここに東大駒場の高級マンションに住む〈どM〉の東大生、秀斗がからんでくる。彼女らが秀斗を彼のマンションに監禁し、彼をマゾヒストとして調教しつつ、そこを根城に渋谷の街へ打って出るのである。

女が男を処理する。**『OUT』**で雅子始め四人組の女たちが、浴室で男の死体を解体し、その首を切断するシーンを思い出そう。『OUT』が殺伐たるホラーだとすれば、『路上のX』は明るいコメディである。

しかし、この明るさが桐野においては底抜けに暗いのだ。

マゾヒズムといえば**『O嬢の物語』**だが、ここでは主客の顛倒ということは起こらない。ヘーゲルはお呼びではないのだ。カネが桐野のキーワードであるからだ。

ミトは宣する。「客は客。ずっと客なんだよ」。

そうか、とリオナは納得する。「秀斗は、永遠に自分の客でしかないのだ。友達にも彼氏にも知り合いにもならない、単なるクライアント。そんな言葉が浮かんで、リオナは苦笑いした」。

いつでもカネが主役になる。桐野の定石だ。カネは隠せない。どんなに隠しても、とリオナは考える。「買う男には、買われる女への蔑みがある」。

つまるところ秀斗は、マゾ的に女性を褒め称えると見えて、実際には女性蔑視のミソジニーの持ち主なのだ。

秀斗はマゾヒストだがマザコンでもある。桐野の世界にはマザコン系の男が引きも切らない。『I'm sorry, mama.』（２００４）で二十五歳年上の女性と結婚する稔、『ハピネス』の俊平（ヒロイン有紗《ありさ》の夫）、『とめどなく囁く』で早樹の死んだと思われる前夫で、母親にかくまわれて暮らす庸介、等々。

秀斗も「やっぱマザコン男だった」とミト。

彼は監禁され、緊縛されて、〈隷属状態の幸福〉を味わうかというと、そうでもない。秀斗は主人にもなれば客にもなるが、奴隷にはならない。完全に隷属されれば、全力で抵抗する。泣いたり、騒いだり、ときには「うおーっ」と吠えたりする。

笑うときさえあるだろう、――みずからを神だと信じて。彼にはリオナや真由を助ける神だと思う意識さえある。「何と傲慢で愚かしい『神』だろうか」とリオナは腹を立てるのだが。

真由の微笑で終わるこの小説のラストに注目したい。桐野の血縁否定、谷崎的〈疑似家族〉の思想、「遠くの親戚より、近くの他人」（『**だから荒野**』）、「お金のことは大事」（同）の主張が、ヴィヴィッドに打ち出される。

真由はリオナにＬＩＮＥして、「母親と話した。／お金くれるって。／だから、一緒に生きようよ」。

リオナの返事はたったひと言、「うん」。

真由はそれを見て、「少しだけ微笑んだ」のである。

## 吉田修一の笑い

視点を移すと、「小説トリッパー」（２００７秋）で桐野と対談した**吉田修一**にも、笑いで終わる長篇がいくつかある。ホラーさながらのエンディングを迎える傑作長編『**元職員**』（２００８）では、公金を横領してタイのバンコクで豪遊する主人公の「笑いは止まらなかった」とあるし、『**最後の息子**』所収の「**破片**」では、タイトルどおり絶妙な断章の集合からなる短篇だが、**ガウディ**並みの家に自宅を改装して、テレビにも引っ張り出される青年は、父の「何しょっとか？」という質問に、「脚立を取りに来たら、屋根の上に飾る物まで見つかった」、そう答えて笑った、と最後の一行にある。

〈笑い〉のテーマで**桐野**と**吉田**は結ばれる。そして転調と音楽性によっても、また。

『**メタボラ**』は「リズムとしていいな」と前掲対談で吉田は褒めた。

## 6　桐野夏生――『魂萌え！』など

### 転調する多視点小説

そう、吉田と桐野の共通項は転調するリズムの心地よさに求められる。

彼らの魅力はざらざらと荒れた音楽性にある。

街のディテールに漂流する桐野ワールドの住人たち。

たとえばリオナから真由への視点の変化（『路上のX』）。

電話で人物が入れ替わる。

第四章「破綻」では、真由と携帯で話す新宿駅の構内でリオナが視線を感じて目を上げると、サラリーマン風の男がリオナを値踏みするように見つめ、リオナが「またか」とうんざりしたところで章が終わり、つづく第五章「家族」になると、リオナと話し終えた真由が、あらためて今夜泊まる部屋を見まわすといった具合だ。こうした場面転換で桐野は冴えを見せる。

真由は道玄坂のラーメン屋で勤務中にレイプされた被害を訴えようと渋谷警察署にゆき、その夜は女性警官の家に泊めてもらったのである。多視点小説の構成は**フォークナー**の、たとえば『**死の床に横たわりて**』に出てくる幼いデューイ・デルの語りを思わせるところがある。

桐野にはあらゆるパーソナリティに入り込むプロの作家術がある。主たる転調は電話やメールによって起こる。「僕」がどん底に落ち込んで破滅を予感するころ、『**メタボラ**』では携帯メール受信の音がして、どこか『**オデュッセイア**』を思わせる「見届け屋」があらわれ、「僕」を自殺サイトに誘導する。

話が切り替わる場面で一行の余白を入れない。そこがすぐれてキリノエスクだ。

作家はこういう余白なしの転調を『**魂萌え!**』で発見した。

『魂萌え!』の源泉は案外、**川端康成**にあるようだ。『**雪国**』への言及が『**ハピネス**』にみえるが（「トンネルを抜けると雪国だった、なんちゃって」と美雨《みう》ママ）、**星野智幸**『魂萌え!』文庫本解説にある「白い」桐野、「ホワイト桐野ワールド」、桐野パンダの源流は、川端の『**山の音**』だろう。白と黒の反転については「桐野さんの小説は黒白には分類できませんね」（『**発火点**』）という**柳美里**の意見を踏まえなくてはならないが。

ベタでつづく持続のなかに切断のラインが無数に入る。そこに黒白のまだら模様が生じる。持続と切断のこうした技法が、『魂萌え!』で切って落とされたのだ。

ここでも電話が活躍する。メディアの〈霊感〉がはたらくといえようか。電話が鳴るのを予見、いや、予聴する。これもカルトをサバイブするムラカミエスクな作法だが、桐野の電話はまた別様の効果を有する。より自然な、いうならば『千羽鶴』に聞かれるような、川端的電話の働きである。「電話が鳴った。敏子は立ち上がり、受話器を取った。／『先日、伺いました今井でございます』」。

こうして彼女は夫の通っていた蕎麦打ち教室のメンバーで行く蕎麦の食べ歩きに招かれ、塚本という男性を知り、主題となる恋、すなわち「魂萌え！」が始まり、亡くなった夫の不在と、その裏切りがもたらす無聊を慰めるチャンスを得る。

おなじ余白なしの変換は『メタボラ』のラストにも認められる。ヤクザにリンチされ瀕死の重傷を負って、それでも「海は久しぶりさーよー。気持ちいいさいが」と、ギンジに泊港で船に運ばれ、「ズミズミ、上等」と呟きながら終幕を迎える（桐野によれば「ズミ」は「グレイト」の意〔前出、吉田修一との対談〕。ヒーローの死を書かないのが作者の流儀だ）アキンツが、フェリーの甲板で（おそらく）死の手に抱きとられる場面である。

とはいえ、こういう転調の最大の例は『ハピネス』から『ロンリネス』への展開だろう。

# 7　桐野夏生――『ハピネス』『ロンリネス』

### 友人ami

『ハピネス』は二〇一三年の作品、『ロンリネス』は一八年作。

その間、五年の間隔がある。

発端はこうだ。

有紗（花奈《かな》ママ）は東京湾ウォーターフロントに建つタワーマンション二十九階に住み、花奈の幼児用シャベルがバルコニーから落ちるアクシデントが、『ハピネス』の始まりだった。

このトラブルは有紗に嫌な思いしか残さないが、『ロンリネス』では、有紗と高梨の恋の動機を奏する。

問題のシャベルは一階下の高梨家のバルコニーに落ちたのである。『ロンリネス』になると有紗は高梨との恋に落ちる。

これは驚くべき展開である。『ハピネス』の頃、桐野にはまだ『ロンリネス』の構想はなかったはずだ。作者は『ハピネス』を読み返し、『ロンリネス』のヒーロー、経営不振を噂される大手総合電器メーカーの営業課長、高梨弘治を発見したのだ。

「仕組んだわけではない。狙ったのでもない。俊平［夫］を裏切ってなどいない。偶然なのだから」と有紗は言いわけする。

なるほど有紗と高梨の二人にとっては「偶然」だが、作者にとっては緻密な計算だ。偶然に任せた計算というべきか。

たまたまの出会い、しかしこの〈たまたま〉のために――その間に高梨の妻と有紗の会話も挿入して、――桐野は出会いから再会まで延々七十六ページも費やす。

しかも作者によるこの計算は、つねに、すでに、遅れてやってくる。

その間に物語は癒しがたく進行し、「有紗は立ち竦んだまま、フローリングの床を見下ろした。このひとつ下のコンクリートの箱の中に高梨が住んでいる、と初めて気が付いた」と予想外に進行してしまう出来事に驚愕するのである。

短篇集『**ジオラマ**』の表題作に似たこういうシチュエーションは、作者の計算には入らないもので、その意味で桐野はアンチ**三島**／プロ**谷崎**の路線に忠実なのだ。

三島のように長篇の最後の一行まで決まらないと筆を下ろさない完璧主義者ではなく、谷崎風のノンシャランな〈手法なき手法〉に則り、流れに任せて、成り行きのままに書き進めるのである。

**谷崎**の『**蓼喰ふ蟲**』が夫妻の別れるまでの物語であるとすれば、『**ロンリネス**』は有紗と高梨が交わるまでの物語である。

『ロンリネス』の桐野は、有紗と高梨が二人で立てた〈掟〉を破って、ついに交わるとき、「いきなり貫かれた」というエンタメ用語を使う（『ナニカアル』では芙美子は謙太郎に「貫かれる」）。

その間《かん》に作者は「親友」という、十七世紀フランス古典主義の語彙をさし挟み、間《ま》を持たせる。

その間《ま》のあいだ、有紗と高梨は巧緻の限りを尽くし、恋愛の定型と戯れる。

有紗は美雨ママに高梨との恋の進捗状況を報告する。美雨ママのほうにも、いぶママの夫ハルとの恋が同時進行し、二組のダブル不倫が、いわばセッションする。

恋とは〈話〉である、という真理をこれほど明瞭に開示する小説はない。話すほどに募る恋。告白することと、恋することとは同義である。恋とは言葉なのだ。有紗と美雨ママの互いの打ち明け話は「物々交換」に似かよってくる。

もちろん有紗と高梨の二人はホテルで交わる。その際、高梨は「ラブホでも構わない?」と尋ね、「もちろん」と有紗は答えるが、これは前作『**魂萌え!**』の敏子と塚本のカップルへの目配せである。

『魂萌え!』ではデートの際、初回は塚本は新宿西口の高層ビルにホテルの部屋を取ってくれたのに、二度目にはラブホテルに敏子を誘い、その落差に彼女が白けて、折角の恋が一気に破綻してしまうのだ。こういう自作間の連繫プレイを観察することもまた、桐野読解の妙味だろう。

有紗の話を聞いた美雨ママは、高梨のことをプレイボーイ（これは死語に近く、むしろ「女たらし」

のほうが新しい）ではないか、と正しく見抜くが、美雨ママは高梨に恋愛感情を抱く理由がないから、冷静な判断が下せるのだ。

美雨ママが、高梨は色恋の手練れだというのは、この恋人が有紗に「僕の親友になってください」という奇抜な申し込みをするところに現れる。

やがて彼の言う「親友」なる男女の関係は、二人の恋の持続のための甘美な緊縛の〈掟〉になる。縛されることが快い。むろん、『春の雪』（三島）を俟つまでもなく、あらゆる禁忌は破られるべく立てられる。友情 amitié を保ちましょう、というのが『クレーヴ大公夫人 *La Princesse de Clèves*』以来、悲恋の約束である。

ここでは〈寝ない恋愛〉の醍醐味が追求される。これはまた発情状態の図柄でもある。夫の俊平との間がセックスレスでもあって、恋愛感情が——有紗の美雨ママへの告白をかりれば——たぎってしまうのだ。

そして有紗と高梨にとっては、「ルールを破って一線を越えた後悔など微塵もなく、なるべくしてなったのだという確信だけがあった」と、アンチ『春の雪』の極限をゆくのだが、それにしても、交わってしまった後の恋を、どうやって持たせる？ それも、一生のあいだ？（二人の恋は「一生の仕事だよ」と高梨は言うのだが）。もう終わっているのでは？

これはたいそう苦い笑いを用意する恋愛である。「さすがに有紗は苦笑した」というのも、分からないではない。

有紗のこの苦笑もまた、キリノ持ち前の笑いであるだろう。

# 8 桐野夏生――『とめどなく囁く』

## 何度でも死ぬ物語

余白と持続のキリノエスクな技法は、『**とめどなく囁く**』で円熟の域に入る。これは現在のところ、桐野の最新作である。目下「すばる」で連載の『**燕は戻ってこない**』は彼女の作品コーパスから省くべきだろう。この進行中の小説ではまだ着地点が見えないからである。桐野の作品は結末を知らないと充分に理解することができない。このことは彼女のエンタメ小説の構成に関係する。純文はディテールで味読できるが、エンタメではそれが不可能だ。とくに桐野はアレゴリーの作家で、文章それ自体はストレートな直叙体（**佐々木敦**）だから、なおさらである。**斎藤美奈子**の桐野論から、「『ネタバレ』なんてセコいことをいっていると批評が成立しない」を引いておこう（『The COOL! 桐野夏生スペシャル』）。

そもそも『燕は戻ってこない』というタイトルは何を意味するのか。「サロゲートマザー（代理母）」を意味するのか。代理母の子供は「戻ってこない」と？　それとも**吉田修一**の『**橋を渡る**』

でいわれる「代理出産で産ませた子供」のようなものか？　同書にある「サリン」なる名で呼ばれる、限りなくヒトに近い近未来の人造人間に類するのか？　桐野は実母、実子より、〈代理〉の関係を重視する、そんな**デリダ**読みの新世代作家には違いないのだが。

彼女はデビュー作**『顔に降りかかる雨』**でミステリーの手法を手に入れた。**『路上のX』**では「大どんでん返し」というミステリーの禁句を使い、**『とめどなく囁く』**でも「怖ろしいことが起きている」と、あからさまなホラーへの言及を怠らない。

この作家が解釈学的な謎の呈示と解明という、ミステリーの手法を手放さない証拠である。批評家は作家の裏をかくほかはない。

ここでは終局に近く、二つの決定的瞬間が用意される。行方不明になり、死んだと思われる夫の庸介からの電話と、彼の手紙が届けられる箇所である。

前者は長篇のクライマックスで、後者はその謎解きだ。ともにエンタメにとっては不可欠の要素で、それが桐野のようなエンタメと純文のボーダーをゆく作家には、有効に機能する。

第一の決定的瞬間では、桐野ワールドの例に倣って電話が最重要のはたらきをする。

不気味な無言電話がかかってくる。非通知の無言電話は『**ハピネス**』でも用いられ、これは後に有紗の前夫、鉄哉からの電話と知れるが、『**とめどなく囁く**』では、どうであろうか。

早樹のくり返す問いかけに返事はない。彼女の心拍が聞こえるような緊迫感がつづく。

彼女は電話が庸介からのものだと見抜いている。彼の母、つまり元の義母に電話したとき、背後に鳴る**グールド**の**バッハ**から、それと知れるのである。庸介はグールドを愛聴していたのだ。

そこで早樹は無言電話を続ける昔の夫に、「消えてください」と頼むのである。「お願いします」と。

八年前に庸介は釣りに出て相模湾の沖合で海難事故に遭い、死んだと思われて久しく（一般の失踪事件では死亡認定に七年かかる）、早樹は三十一歳年上の（妻を六年前に亡くした）資産家と再婚し、いまは庸介の消えた相模湾を望む広大な邸宅に住まうのである。

本篇の主題は海である。再婚した早樹が朝夕眺め暮らし、庸介が死んだという相模湾である。その海の潮騒である。それが「とめどなく囁く」のだ。

死んだ男の声がついに電話から聞こえて来る、——ただひと言、「すみませんでした」と。まるで海でずぶ濡れになった幽霊が声を発するようだ。

『とめどなく囁く』のタイトルはここに由来し、長年結婚生活をしていれば当然かもしれないが、おそろしく勘の冴える彼女は、まだ彼は生きているのではないか、という希望的な観測もあって（奇妙な希望ではあるが）、法律的には〈故人〉と認定された夫の絶え間ない囁きを、潮鳴りとして聴いていたのだ。

とはいえこの期に及んで、みずからの生存を告げるとは、早樹にしてみれば、許しがたい違反でないか。

桐野にとっては親しい「私はあなたを赦さない」のテーマが鳴る。

『**残虐記**』の誘拐者ケンジは、長篇の冒頭に掲げられた、かつて十歳だった被害者の生方景子、今は作家で小海鳴海というペンネームを持つ女性への手紙の末尾で、「私も先生をゆるさないと思います」と書いた。犯人のケンジは二人だけの恋の秘密――あらゆる恋愛は誘拐ではないか――に通じていたのである。桐野には、いずれ取り上げる**西加奈子**と同じように、**デュラス**との親近を指摘できる。『**路上のX**』には「十三歳で早くも年老いて」とあり、これは西も桐野より先に〈引用〉するが、『**愛人**』におけるマルグリットの嘆きを思わせる（本書「13　西加奈子」「デュラスと涙」のパート参照）。それと同じように、デュラスの『**ロル・V・シュタインの歓喜**』は原題が *Le ravissement de Lol V.Stein* で、『ロル・V・シュタインの誘拐』とも訳される。ここに『残虐記』との関連を指摘できよう。ケンジの誘拐は単なる犯罪ではなく、加害者／被害者の二人に大きな秘密の悦びをもたらしたのである。それが断罪されるとは、ケンジにとって許せないことだろう。

同様に早樹は庸介を許すことができない。

さて、もう一つの決定的瞬間は、一通の封書によってもたらされる。そこで庸介はついに封印されていた最大にして最後の秘密を明かす。

庸介はその長い一種の遺書のなかで、父の愛人と結婚前から関係を持ち、彼女との間に息子まで儲けていたことを告白する。彼は世間には死んだと思わせた後、妻とはむろんのこと、両親との係わりも絶ち（ラストで母親の前に姿を現すが）、大学の職も放棄して、限られた親友だけを頼りに、世捨て人の人生を送っていたのである。

同棲していた父の愛人は、息子と一緒に海外に移住してしまい、残された庸介には、自分の命を絶つだけの生しかない。

死者が、亡霊が、もう一度、死ぬ。何度でも死ぬ。『とめどなく囁く』はそんなホラーでもあったのだ。

彼女はその手紙を例の蛇（本書「4　桐野夏生」参照）が棲む、石組みのベンチに腰を下ろして読む。

蛇は彼女自身であり、庸介その人であった。

# 9　桐野夏生――『緑の毒』

## 名前の迷宮

ここで趣きを変えて、悪徳医師を主人公とする『**緑の毒**』を取りあげたい。

桐野のコメの天分がもっともよく出た作品（「コメ［喜劇《コメディ》］」は「トラ［悲劇《トラジェディ》］」の対義語。**太宰**が『**人間失格**』で使った）。トラジ・コメディこそ、桐野の目ざしたところだった。

この種のブラックジョークは、怖いけれど笑える。笑わずにいられない。

ホラーの笑いとはそれだ。悲劇は必ず喜劇に転じる。

主な人物は次々に変わってゆき（**吉田修一**『**パレード**』２００２と同じ）、まず主人公格の川辺康之が登場。「夜のサーフィン」と称して第一のパートを構成し、水曜毎にレイプ魔となって出没する。

こういう極めつけの犯罪者は、スリラーには欠かせない。スリルがあって、身の毛がよだつ。

桐野には犯罪の詩がある。**朔太郎**のこんな詩が思い浮かぶ。

「とほい空でぴすとるが鳴る。／またぴすとるが鳴る。／ああ私の探偵は玻璃の衣裳をきて、／こひびとの窓からしのびこむ、［……］／／みよ、遠いさびしい大理石の歩道を、／曲者はいつさんにすべつてゆく」

（「殺人事件」『月に吠える』所収）

連続レイプ犯の川辺はヴィンテージや超レア物に凝る、三十九歳の洒落者の開業医。もちろんこんな悪人は**モーツァルト**の『**ドン・ジョヴァンニ**』のように地獄に堕ちるが、この背徳医師のために作者が用意したラストシーンは、――「どうやら、若宮［後出］という男が後ろから跳び蹴りを食らわしたのだと気付いた川辺は、プラダの秋の新作を早々と履いている、と感じ入りながら、ゆっくり気絶した」。

妻のカオルも医者で、敏腕の外科医の玉木と浮気していて、それが川辺の久しい嫉妬の糧になる。川辺の嫉妬の相手である玉木は、桐野が偏愛する歌舞伎町の救命救急センターに勤める医師で、玉木とカオルのセックスを想像することが、川辺という変態的レイプ犯にとっての嗜虐の源泉になる。その意味でこの医者は、妻の森三千代に浮気されてマゾ的な歓びを得た**金子光晴**の弟子である（本書「11　金子光晴」「マゾヒズムの淵源」のパート参照）。金子の『**どくろ杯**』（1971）には、こうある。「彼［土方定一］のもとにゆくようになってからの彼女［森三千代］は、私がふれることをきたないもののように拒みつづけたが、私としては、拒まれるので猶欲望がつのった」とか、「よそに恋人［土方定一］をもってその方に心をあずけている女［森三千代］ほど、測り知れざる宝石の光輝《かがやき》と刃物のような閃めきでこころを剳るものはない」。金子ほどあからさまではないが、川辺は嫉妬に苦しみながら、それを楽しむ、――サーフィンのように。「そのスリル。それがカオルという浮気な女を手に入れたことの対価なのだ」。

そんなわけで川辺はカオルが玉木と逢う水曜日には決まって、恒例の「夜のサーフィン」にいそしむ。

その夜は渋谷区本町の住宅街である。若い女性を見かけると後をつけ、部屋に入るやスタンガンで気絶させ、セレネースを注射し昏睡させて、レイプする。

次のパートは「象のように死ね」と題する。これはレイプ犯に向けた女性たちの報復の合言葉である。「ｓｎｏｏｐｙ」なるハンドルネームで「はんざいネット」に書き込みをした亜由美が視点人物になる。

彼女は川辺にレイプされた犠牲者の一人。歌舞伎町の病院で事務を執り、川辺の妻カオルの浮気相手、玉木が診療する医院に勤めるから、玉木とは顔見知りで、セレネースのことを「五ｍｌで、ことん、といくよ」と教えてくれたのも、この玉木医師だ。

そこで亜由美はレイプ犯は医療関係者に違いないと当たりをつける。

彼女は「はんざいネット」で知り合った女性たちと「レイプ被害者オフ会」を開いて、情報を共有する。

ここで間奏曲のように、若宮という空手の有段者で、ヴィンテージマニアの俳優が登場する。いささかストーリーの流れを汲み取れない読者も、この男がレイプされる最愛のルリ子の兄であると知れば、納得できる。

もう一人、「はんざいネット」への投稿者は、同じ水曜日の被害者、こずえである。本論〈名前の迷宮〉のパートで主役となる女性だ。

彼女は女友達とルームシェアするが、風俗のバイトをクビになり、三十万もの家賃をチャラにしているので、シェア相手の我慢も限界に達して、とうとう部屋を追い出されてしまう。そして甲州街道に小さなスーツケースを転がして歩く破目に陥る。

コンビニで雨宿りしていると、サラリーマン風の男がタクシーに乗せてくれる。新宿の花園神社近くのラブホテルに泊まり、翌朝、目覚めると男がいない。ヴィトンのバッグが消えて、携帯も財布もカードもなくなり、ライフラインをすべて失ったことになる。交番に訴えると、警官いわく「つまり、男版の枕探しだね」。それでも、なんとか貸してくれた五百円玉をしっかり握り締めて、新宿の路上に歩き出す。

このとき、こずえは突然、思い出す。この不憫な女性がいつ、どこで『**緑の毒**』のレイプとつながるのかと〈名前の迷宮〉をさ迷う読者も、こずえとともに思い出す、――あの「はんざいネット」のオフ会のことを。「ｓｎｏｏｐｙ」のハンドルネームで書き込みをした亜由美のことを。自分のハンドルネームがチャラだったことを。

「地獄で仏とはこのことか」（チャプター13のタイトルは「地獄で会うホトケ」）と、こずえは歌舞伎町の病院に向かって歩き出す。

事務を執っていた亜由美は、再会の喜びに飛びついてチャラを抱きしめる。チャラことこずえは、興奮して病院の廊下を「ぴょんぴょん飛び跳ね」る。読者も一緒になって飛び跳ねる。

これはミステリーの読み方、一般に小説の読み方の指南書だったのである。

もう一カ所、『**緑の毒**』にはレイプの三人目の被害者、四十七歳の海老根たか子が出てくる。レイプ魔の川辺にいわせると、「どういうわけか見込み違いで中年女が寝ていた。そのため、腹いせに太股に悪戯書きをしたが、レイプはしなかった」。

そんな手ひどい屈辱を味わわされた女性が、ここでは主役になる。

そのたか子が食い詰めて困り果てていたとき、昔の男に、今度、那覇にスーパーを出すことになった、マネージャー代理で行かないか、と誘われる。こうして舞台は南国の都会、那覇に移る。

さて、海老根たか子の段には興味深い落ちがつく。

彼女が勤める那覇のスーパーに、東京は代々木署の女性刑事が遠路はるばる訪ねて来る。たいそう職務熱心な刑事である。

連続レイプ犯の川辺医師は、住居侵入、強姦致傷容疑で逮捕された。それであなたのことが分かったのだが、被害届を出しませんか、という提案である。

たか子は確かにずいぶん悔しい思いをした。死んでも死にきれない無念さである。

あの翌日、セレネースによる体の痺れがようやく取れた頃、自分の体を見たたか子は、地団駄踏んで悔しがる。

忘れもしない水曜日の夜、マジックで右の太股に「お前じゃないが」、左の太股に「仕方ない」

と書かれたのである。

「許せます?」たか子が聞くと、女性刑事から、「許せません」。断乎たる返事が返ってくる。

この応答に『緑の毒』一篇の黒い笑いが炸裂する。

# Ⅲ　カルト、ジェンダー、ホラー

# 10　桐野夏生――『ナニカアル』

## 南洋の夜の黒い塊

「バンジェルは何もないところだ。その虚ろと常夏の弛緩が、次第に私の心を侘びしく染め上げていた」

語るのは昭和の文人、**林芙美子**。作者は**小池真理子**評する「華のある作家」（「文藝」2008春）、**桐野夏生**。

林芙美子の紀行文に材を取った長篇小説、『**ナニカアル**』のこの一節が思い起こさせるのは、**金子光晴**である。その『**マレー蘭印紀行**』（1940）である、――「バトパハに着いて第一の夜、私は、はるばる馬来《マレイ》の奥にひとりで入りこんできた空隙さのなかで、秒針《セコンド》をきゝ、金気《かなけ》くさい鑢目をまさぐった」。

桐野にはもう一作、金子との類縁を思わせる長篇がある。上海を舞台とする『**玉蘭**』（2001）である。そこに見られる「揚子江の茶と東シナ海の青とが混じり合う大胆な水の色」や、「上海には、フランスに行きたくても結局、金が足りなかったり、度胸がなかったり、アジアが居心地良かったりで、長逗留してしまう人間が多い」や、ヒロインが住む「虹口《ホンキュウ》、四川北路、余慶坊七号」のうらぶれた雰囲気は、金子の『**どくろ杯**』に描かれる上海は余慶坊周辺を髣髴とさせる（金子の嫉妬については本書「9　桐野夏生」「11　金子光晴」参照）。

たとえば、「青かった海のいろが、朝眼をさまして、洪水の濁流のような、黄濁いろに変って水平線まで盛りあがっているのを見たとき、咄嗟に私は、『遁れる路がない』とおもった」。

あるいは、「妻をその恋人からひきはなすための囮にかけたパリまでのこの先の旅など、手つけながれにして、忘却の時間をかけてなんとか立直るまで、この上海の灰汁《あく》だまりのなかにつかっていてもいいとおもった」。

あるいは、「私たち三人〔金子と妻の森三千代、他一名〕は、日本人のたまりの虹口、文路をぬけて、北四川路に出ると、北へ、北へ、車を走らせた。日本書店の内山完造さんの店のすじむかいの余慶《イイチン》坊《パン》という一劃の入り口で、車を下りた」など。

ここには紛れもなく、『どくろ杯』から『玉蘭』へ、金子から桐野へ、上海を舞台とする頽落の音調が響く。

その無聊と懈怠と蹉跌と爛熟と。東南アジアを旅する人の放浪のリズムが流れる。ここで取材魔と紀行詩人が一致する。ボルネオ島の南部にある町、バンジェルマシンが『**ナニカアル**』で舞台になるが、桐野のバンジェルは金子のバトパハである。バトパハの名は一回だけ『ナニカアル』の

第二章「南冥」に出て来る。「バトパハ、マラッカ、セレンバン、イポー、ペナン」と。いずれも『マレー蘭印紀行』ゆかりの地である。そして金原藍子。彼女の名前はまるで予兆さながら『ナニカアル』第三章「闍婆《ジャワ》」に、「赤や黄の原色の家が目立つ寂しい町。そして、金原藍子」と、あらかじめ唐突に、サブリミナルに現れる。

金原藍子という名には、つづく第四章「金剛石」への布石がある。また金子光晴にも。おなじ金の縁がある。しかしこの伏線は桐野において断片ということと分かちがたく結ばれる。断片、あるいはダイヤモンドと。藍子の左手に煌めく石を見て、「私は、藍子という女が出て来る白日夢を見ているのかと思って、ふらつきかけた」。

桐野には長篇のキモの部分に来て、こんなふうにフッと乗る瞬間がある。フラッと来る。一種、狂気の風が吹く。桐野ポエジーのサワリだ。まさに桐野が来る。

主人公の**林芙美子**にとってダイヤモンドは、「マルタプラのダイヤの原石のように、漂泊していて思いがけず手に入った」ものなのだ。第五章「傷痕」の冒頭、愛人の斎藤謙太郎宛の手紙で芙美子は、次の彼の言葉を書いた。「空気の塊を感じるな。真っ黒な南洋の夜の塊だ。怖い」。

黒い空気の塊のようなダイヤモンド。バンジェルのダイヤは『ナニカアル』に次々と断続する姿を見せる。まるで**プルースト**のプティト・マドレーヌかマルタンヴィルの鐘楼、ユディメニルの三本の木のように。

一九四二年（昭和17年）十月より翌年五月まで、太平洋戦争前期に、『ナニカアル』の林芙美子は、朝日新聞の従軍記者として、そして陸軍報道班嘱託として、シンガポール、ジャワ、ボルネオに派遣された。『**放浪記**』がベストセラーになった彼女は、当時、**吉屋信子**、**佐多稲子**と並ぶ、花形の流行作家だった。

一方、彼女の恋の相手となる長身・美形、今でいうイケメンの斎藤謙太郎は、朝日のライバル新聞、毎日の記者で、二人はまさに南洋の旅のさなかで結ばれるのである。

その危機的な情景を一つ紹介しよう。

評判の女流作家（今や死語だが）、林芙美子がバンジェルマシンを去る時は迫り、彼女の送別会が始まろうとしていた。会食者たちは主賓の登壇を今か今かと待つ。千載一遇の機会を捉えて、愛する女性と南洋の辺地で会うことを得た記者の謙太郎は、この名高い女性作家の肉体の魅惑の虜になって、彼女を放そうとしない。芙美子は背後から犯されながら、廊下で息を潜めて待つ、従卒を騙るスパイかもしれない男の顔を思い浮かべて、恥も外聞も忘れた恍惚を昂める。

パーティの客たちを待たせることが、非情な芙美子のパセティックなセックスを否応なく煽る。従卒が実は憲兵の一味でスパイだったことが暴露される瞬間は、すさまじい小説のクライマックスだ。ヒロインに刻一刻と身の危険が迫る。それでも彼女は悦びと苦しみのない交ぜになった、たぎる欲望に身を委ねずにいられない。

表題は芙美子の夫、画家の手塚緑敏《りょくびん》の遺品のなかにあって、緑敏が生前、すべて焼いてくれ、と命じた絵と一緒にしてあった、一篇の詩の数行――「なにかある……／私はいま生きてゐる」という芙美子の手になる謎めいた詩による。

『ナニカアル』は林芙美子自筆の紀行文、回想録から成る、との設定であるが、芙美子の伝記あるいはドキュメンタリーが、キリノエスクなフィクションと分かちがたく縺れあい、嘘か真かの幽明界を醸し出す。

そして、その長篇の大部分を占める紀行文が、「私は笑った」と芙美子の笑いで終わるのだ。

## 金子光晴の因縁

ここでもう一度、**『ナニカアル』**と**金子光晴**の因縁を考えてみる。ともに戦前の東南アジアの稀有な紀行文であるという共通点のほかに、〈林芙美子とその夫・緑敏と斎藤謙太郎〉、〈金子光晴とその夫人・森三千代と土方定一〉、と並列する奇怪な三角関係に刮目したい。さらに三千代には、芙美子と同年、芙美子より数カ月早く、一九四二年一月から四月まで、ハノイやアンコールワットを文化使節として訪問し、その隠れた動機に、土方に継ぐもう一人の愛人、作家の**武田麟太郎**との（そのときは果たされなかった）密会があった、ということにも。芙美子の謙太郎への恋は相思相愛的だが、三千代の麟太郎への恋はどちらかというと一方通行の片恋であることも。そして、戦中は売れっ子だった三千代の原稿料で金子家の経済は支えられ、三千代の光晴との関係がサディズムによることとも。
**谷崎**と**佐藤春夫**のいわゆる〈妻譲渡事件〉に材を取った短篇**「浮島の森」**（**『アンボス・ムンドス』**）

で、「清らか」な詩人より、「悪人」の作家の方がまだまし、と言い、佐藤春夫をモデルとする赤木と、谷崎をモデルとする北村を比較して、谷崎の長女「藍子」にこう言わせるところがある（あるいは、この藍子は五年後に『ナニカアル』の金原藍子に投影したか。とすれば、フィクション相互の不思議な絡みあいである）。「赤木は、藍子との約束通り、写実的な小説［私小説もその一種］は一切書かなくなった。それが文人としての赤木を弱らせたのだろうか。［……］赤木は、童話や探偵小説に挑戦したり、様々な試みをしたが、どの作品からも若い時に書いた代表作のような［……］輝きは失せていたように思う。他方、北村の著作は、どの本の背文字を見るだけでも、現実を侵食しそうな豊かな虚構の気配が漂っている」。

桐野の好みは明らかである。彼女は谷崎に軍配を上げ、小説を称揚し、佐藤春夫の詩文に否定的だ。虚構を持ち上げ、ドキュメントの価値を低く見る。フィクションを私小説の優位に置く。嘘が真実に勝る。

『ナニカアル』の小説世界と、**『マレー蘭印紀行』**、**『フランドル遊記』**（1994）、**『どくろ杯』**の紀行文の世界で、前者は不倫の妻、後者は寝取られ夫（コキュ cocu）と、男女の関係が顚倒するのだ。

SとMが逆転する。**林**／**桐野**の「私」はサドであるが、**金子**の「私」はマゾである。残虐がスパイラルする。**『残虐記』**という**谷崎**の未完の作品と同じタイトルの桐野の長篇を参照されたい。あるいは、ラストの一行で潤一郎の「笑い声」が闇に消えてゆく、谷崎を主人公とする伝記小説**『デ**

ンジャラス』（２０１７）を。『ナニカアル』はサドの小説、『フランドル遊記』、『どくろ杯』はマゾの告白。『ナニカアル』の芙美子は『どくろ杯』の三千代に比定される。ともに稀代のＳ女である。少なくとも大戦下における三千代の光晴との関係は、『路上のＸ』の用語をもじれば、三千代は〈どＳ〉、光晴は〈どＭ〉である。『ナニカアル』と『どくろ杯』、林芙美子と金子光晴のＳＭのからみが注目される。

作家（Ｓの林芙美子）と詩人（Ｍの金子光晴）は、戦前の東南アジアを舞台に、〈残虐〉のテーマで交錯したのである。

# 11　金子光晴――『マレーの感傷』

## X（土方定一）という男

ここで戦前の**金子光晴**を知る上で恰好の書である『**マレーの感傷**』（2017）に、彼のマゾヒズムの淵源を探ってみよう。

『**フランドル遊記**』（『**マレーの感傷**』に再録）の結末で、金子光晴と妻の**森三千代**、光晴と妻を一年間ブリュッセルでもてなしてくれたルパージュ氏――三者のあいだに、ふしぎなすれ違いが生じる。「リュードラポスト（ブルッセル）にかえってきた時、ルパージュ氏は、アルジェリアへ旅行にいった。ミチヨも、リュードラポストに住んだ。［……］そして、私は、正月七日［昭和7年、1932］の舟でマルセイユを出帆するし、彼女は、故障のない限り、正月十五日の舟でロンドンをたつことになったのである」

森三千代は金子光晴にとって、いつ糸が切れて飛んでいってもおかしくない、風に舞う凧のような女性だった。

そもそもこの大旅行に出発する動機が、色恋沙汰にあった。詩人でアナーキスト、後の著名な美術評論家、白皙美貌の**土方定一**（『**フランドル遊記**』ではX）との恋愛が原因だった。花の都パリを口実に、恋に狂う妻を海外へ誘い出したのが、上海、マレー、ジャワ、パリ、フランドルと、いつしか足かけ五年に及ぶ放浪旅行になってしまった、というのが正直なところだろう。

「――君は、それでXへかえってゆくのか。／――おお、妾《あたし》の若い日はどうなる」

こんなあからさまな欲望の吐露も、『フランドル遊記』で初めて明るみに出たのだ。

「私は、彼女の、靴下と猿又のあいだからくびれ出た、貝鈕《かいボタン》のように眩耀《クラクラ》する肉に、接吻をした」

私の若い日はどうなる、――そう迫る、若く美しい妻への、これが光晴の痛切な愛の返答であった。

パリでも、ブリュッセルでも、ふたりの仲は切れたも同然だった。

「――じゃ、ふたりは別れるんだな。／――わからないのネ。別れるんなら苦労はしない。別れないの。ただお互に自由になるだけなの」

といった、危機一髪のやりとりも聞かれる。森三千代という女性は、当時として抜きん出た先取の女性だった。そのことは彼女が一貫して夫婦別姓を名乗ったことにも明らかだ。実際、ふたりは離婚の手続きまで踏んだのだ。だからこそ、「それからはもう一回も、彼女も私も、他の土地へ出てはゆかなかった」という一時期が、光晴にとって束の間の凪として、万感のやすらぎを誘うのである。

金子光晴がそのとき帰ろうとするのが、必ずしも故国の日本ではなかった、――このことが彼の帰還の謎にいっそう輪をかける。

『フランドル遊記』冒頭の「ブルッセル市」に、こうある。三千代とルパージュに送られマルセイユへ発つ際、――「ただ舟にのったら、死んだように眠りたいと考え、夫《それ》がたのしみだった」。この限りなく無為にちかい心境には、帰国後八年して昭和十五年（1940）に上梓した『マレー蘭印紀行』の、「船賃を払って、船のなかにいる時間ぐらい、私たちにとって安住なときはない」と同一の、光晴調と称すべき懐かしくも怠惰なリズムが聞こえる。

これは**『どくろ杯』**、**『ねむれ巴里』**（1973）、**『西ひがし』**（1974）にも聴きとられる、退嬰とデカダンの音楽である。

ここではしかも、その旅のゆき着く先が『マレー蘭印紀行』のサブタイトル「爪哇《ジャワ》へ」と奇しくも軌を一にして、曾遊の地ジャワ（爪哇）と知れると、光晴の帰郷が描く迷宮の不可思議なことに打たれずにいない。

従来、このとき金子は足かけ五年に及ぶ放浪旅行についに終止符を打って、故国の日本への帰途についたものと、長らく信じられてきたのである。

ところが「**ブルッセル**」（『マレーの感傷』初出）で光晴は驚くべき新事実を告げる。

「ブルッセルにきてから一年目に、私は、一まず、ルパージュ氏から旅費をたててかえてもらって東洋へかえることになった。かえる先は、爪哇の新聞社という予定で、私は、酷寒の世界から、炎暑の国へかえってゆくのである」

東京へ帰る、のではない。東洋へ帰る、というのである。あまつさえ「炎暑の国」は「爪哇の新聞社」へ。

これはどういうことか？

彼、金子の念頭には、もう一度、アジアに南洋をたずねることしかなかったようなのだ。

光晴は予告どおり炎暑のシンガポールに着くと、マレー半島へ出発する。そしてこの四カ月におよぶ熱帯アジアの旅で、光晴紀行最高の精髄、『マレー蘭印紀行』が生まれたのである。

その『マレー蘭印紀行』の源流が、〈水の流浪〉の楽曲によって、すでに『フランドル遊記』に流れていたのだ。

## 書くための旅

金子光晴はフランドルで〈水〉のテーマを発見し、その水をたずさえてマレーに行った。

「記述は単調で、骸骨のようだ」と『フランドル遊記』にあるが、「**無憂の国――爪哇素描**」（『**世界見世物づくし**』、『金子光晴全集』第八巻所収）で自戒する、「形容詞と美文を総動員させる愚」を払拭した、疾走する透明感が聴きとられる。

『フランドル遊記』はノートのまま三千代の日記の束に放置され、金子夫妻の没後（金子光晴1895－1975、森三千代1901－1977）、一九九四年にはじめて公刊されたため、読者の目も介入のしようがなかった。ここにはマゾヒスト金子の秘密の告白、妻の森三千代との赤裸々な愛の日々が、あからさまに描かれていた。

この貴重な手記の比類のない明度、その透明性は、そんなところに由来する。

金子光晴は往路（昭和4年、1929）と復路（昭和7年、1932）と、東南アジアを二度、おとずれている。金子にとって最重要の旅である。

復路のマレー行きは、往路のマレー・ジャワ放浪の追体験にほかならなかった。しかもそれはまた同時に、書くための旅であった。

金子は復路の旅で往路の旅のノートに補筆し、それを今あるかたちの完成へと持っていったのである。いや、彼のいつもの書き癖からすれば、最終的なゲラ刷り、校了、出版まで、何度も加筆、修正したに違いない。そしてこの加筆、修正が、金子にとっては最終的な決定稿になったのだ。

私は詩人の**野村喜和夫**と行った『**金子光晴デュオの旅**』で、マレー、ジャワ、上海、パリ、フランドルとたずねて、ブリュッセルの「RUE DE LA POSTE（郵便横丁）という街の百八十三番地」（『**マレーの感傷**』）にある、光晴の旧居跡に立ったときのことを思い出す。彼がここに住んだのは、今から八十九年前、一九三一年のことである。「日本から流亡し、マレー、ジャワに流浪して、パリで食いつめた光晴が、さらに落ちて行った最北端」、と私は同書に記した。

光晴は往路のジャワ・マレーの旅でメモを取り、パリを転々とするあいだも手帳をスーツケースの底にしまって、三千代をベルギーのアントワープへ送り出すと、「南洋以来ひらいてみたこともないノートを取り出し、バタビア紀行をひねくりはじめた」（『ねむれ巴里』）という。

その手稿に重要なページが加えられたのが、往路から帰路へのターニング・ポイント、そこから真に起死回生の旅が起動した、ブリュッセルはリュードラポスト183番地の寓居においてであったのだ。

『フランドル遊記』巻頭の「ブルッセル市」では、「私の生涯の仕事をもう一度元気のあるうち仕直すことができるのです」とルパージュに抱負を語り、「ブルッセル」では、「二十篇ばかりのいたましいコントを書いた」と、その中身に言及する。

「いたましいコント」とは、『老薔薇園』（文庫未収録、『金子光晴全集』第一巻）所収の作品、――バタビア（現ジャカルタ）で見たオランダ政府への謀反人のさらし首に材をとった「エルヴェルフェルトの首」（むろんこれは金子の代表的な詩だから、『創元選書 金子光晴詩集』1951に「老薔薇園［未刊詩集］」として再録される）や、『フランドル遊記』と同じベルギーを舞台とする短篇、近海名物のムール貝を賞味して、ルドルフなる北欧の紳士がレモンで縮こまる貝をよこ目に、お涙ちょうだいのヒューマニズムは「突きはなすべきだ」とニーチェ主義を開陳するのに対して、「私はすっかり反対な立場ですよ」と反論する「悲しき電気」など――を含む、貴重な諸篇を指していよう。

以下、既刊の『フランドル遊記』を除いて、全集にも文庫にも未収録の『マレーの感傷』初出数篇について、若干の感想を述べる。

『マレーの感傷』の表題作「馬来の感傷」は帰国後すぐに発表されたもので、『マレー蘭印紀行』

「バトパハ」の一パート、「貨幣と時計」の原形である。一例が、「はっきりもう届かない自分だ」(『馬来の感傷』)は、「もう誰からも届かなくなった私なのである」(『マレー蘭印紀行』)に改められた。

西湖から雷峰塔へ、白娘娘(バイニャンニャン)。**上田秋成**「**蛇性の婬**」ヒロインのモデル)へ、という変遷が、巻頭作「**西湖舟遊**」と晩年の自伝紀行『**西ひがし**』にみつかるのも、『マレーの感傷』の得がたい収穫だ。

「**好色の都**」は『ねむれ巴里』の前身である。この短篇の「孤独と真空をとりまく死の、オーロラの明るさ」には、『ねむれ巴里』にはない稀有な光耀が一閃し感動的だ。「好色の都」にちらっと出てくる出島という男や、ペルシャ娘の家主は実在の人物らしいが、『ねむれ巴里』では大幅なフィクションがほどこされた。

金子光晴の紀行文には、あらかじめ物語への種子が仕込まれている。デビュー詩集『**こがね蟲**』(1923)に見てのとおり、光晴の本領はもともと絢爛たる「ことばは綾」(『ねむれ巴里』)にあって、「それは嘘である。みんな、嘘である」(『マレー蘭印紀行』)という基調が底流にある。

閑話休題。本書メインの**桐野**にも、「講釈師、見てきたような嘘をつき」なる発言があり(『**発火点**』)、彼女の作家魂の根幹には、よい意味での〈嘘=フィクション〉が横たわっている。

**吉田修一**の『**悪人**』(2007)でも、ヒロインの一人、殺害された佳乃の件で捜査する刑事に、彼女を出会い系サイトで買った男が、「真実を真実として告げるのが、こんなに難しいとは思わなかった。これならば嘘をつくほうがよほど簡単だ」と思うシーンがある。佳乃を殺害した真犯人の祐一も、『悪人』の真のヒロイン、光代と逃亡行に出発する前に、犯行の経緯を告白して、「早く嘘を殺さないと、真実のほうが殺されそうで怖かった」と、嘘と真実の反転するクライマックスを描く。善悪のこういう反転が『悪人』の主要なテーマだ。『**橋を渡る**』で婚約者の謙一郎に絞殺される薫子《かおるこ》が、「間違っている自分のほうが正しく見えるのよ」と泣き崩れて物語のリアルに迫るように。あるいは、『**元職員**』のタイはバンコクのガイドが、「嘘って、つくほうが嘘か本当か決めるもんじゃなくて、つかれたほうが決めるんですよ、きっと」と言うように。そして最後に極めの**村上春樹**。作家とは嘘つきであるという明言があり、『**風の歌を聴け**』（1979）のあの有名な、大文字にされ、ゴチックになった、「嘘つき！」なるガールフレンドの言葉もある。

――〈嘘〉に話柄が振れたが、**金子**の場合、出発点に『**こがね蟲**』の華麗な虚構があった。そこに**三千代**なる伴侶が寄り添うことで、実人生の深い味わいが加わったのだ。いわば、三千代によって紀行文が稀有の〈私小説〉に変わったのである。私小説とは〈私詩〉と言い換えてもいい。その意味で三千代は、光晴詩の生成する起源の女性といえる。

「**北京雑景**」では、骨董市をぶらつき、墨や筆を買おうとして、言い値と買い値の駆け引きに興じる様子が活写され、いかにも金子らしい尾張商人の面目が発揮されておもしろい。

日中戦争のはじまるキナくさい時期に、夫妻で華北をたずねた紀行だが、〈事変後〉と言いながら、平時のように観劇の感想を悠々と語り、昭和十三年（1938）の中国とは思えない平常心である。

「**北欧ブラバン**」にあるように、「世界の波動」は身近に打ち寄せていたが、「ただ私は旅行者なので、通り過ぎるものなので、それに気づかずにすませるのだ」ということなのだろう。

## マゾヒズムの淵源

「**蘭印の旅から**」では、つぎの一節が貴重だ。『こがね蟲』にも通じる、光晴特有の暗いジェンダーが輝き出し、これが『マレーの感傷』の白眉である。光晴はジャワのソロやジョグジャカルタで会った女性の「陰性な光輝」を礼讃する。

「青いというより緑色がかった色艶をした女が歩いているのにであったのだった。不健康だが、それがへんに美しい感じなのだ。嫌悪によって益々ひきつけられる。蛇のような、蛾のような、灰色をしたかまきりのようなうつくしさなのだ」

　こういう魅惑と反感の入り混じった錯綜した情感は、東京に残してきた愛人X（土方定一）への恋に身を焼く三千代に対する、光晴の屈折した恋情を思わせるが、「**無憂の国**」（既出）の次なる一文そのままである。

　ソロの女性の陰鬱な美について、——

「その顔の色は、墓土《はかつち》の滲《し》みたような、みどりがかったくらさで、洗練されていれば程不健康な感をうけた」

初出の「蘭印の旅から」の方が、よく知られた「無憂の国」より、その陰翳に満ちたジェンダーの光燿において、はるかに生彩がある。

ここにマゾヒスト金子光晴の告白が、「緑色がかった色艶」の女への偏愛を借りて、『マレーの感傷』から明瞭に聞こえてくるようではないか。

# 12　桐野夏生――『ファイアボール・ブルース』など

## 生動するカルトの恐怖

さて、もう一度、桐野夏生に戻ろう。作家のカルトをめぐる作品群にふれる必要が残されている、――。

『とめどなく囁く』に出てくる、早樹の再婚した塩崎克典は七十二歳と高齢なため、早樹は塩崎の次女、真矢《まや》の義母になるものの、早樹と真矢は同年齢（四十一歳）で、両人のあいだに葛藤があって、どちらかというと理性的な早樹とことなり、真矢には神秘主義の傾向があり、彼女はスピリチュアリストである。

真矢は霊視の能力を有し、「夜更けのマイヤ」なるブログで早樹のことを「金目当てで結婚したバカ女」と罵るが、自殺未遂の後で早樹たちと同居すると、早樹は真矢に対する心証をあらため、むしろ好感を抱くようになる。早樹は真矢にたずねる。私の後ろに霊が見えないですか？　と。別に何も、と真矢は答える。それなら、死んだと思われた（元）夫の庸介は、やはり生きているのだ、と早樹は推論する。

桐野は小説でカルトや霊能者をしばしば取り上げる。エッセイ集『**白蛇教異端審問**』に、こうある。「私は更に信心を深めねばならない。白蛇を信じ、白蛇教を強固な宗教とせねばならない。私は狂信者となることを誓った」。さらに「教団の機構を強化し、折伏に励み、自らの修行をさらに激しいものとして、宗教活動に専念する」。これらの文章を読む限り、桐野は〈白蛇教〉なるものの教祖で狂信的な宗教家に見えるが、ここで過激な異端審問を行うファナティックな女性は、実際の桐野本人というより、むしろ小説で異化された登場人物と考えるべきだろう。

例によってカルトのテーマで桐野ワールドを小説世界に周回しよう。

まず『**ファイアボール・ブルース**』（１９９５）。ここに登場する女子プロレスラーへの渇仰はカルトの礼賛に似る。これはスモークに見え隠れし、ステージに変幻するアイドルたちと変わるところがない。

アイドルに関しては、短篇「**神様男**」（『**奴隷小説**』２０１５）で、まだ芽の出ないアイドルの生態が描かれるが、「『東京女子界』の女の子たちは、全員がアニメから飛び出してきたかのように、顔が小さくて体が細く、とても愛らしかった」と、すでにカルト化の一歩手前にある。

しかし、客が神様で、アイドルは奴隷、「神様が［奴隷を］解放してあげるんだよ」という一人の客の発言に、「何かが違うようでもある」とアイドル志願者の母親が反応するところに、桐野のアイドル観が窺われる。

女子プロレスのスターたちとなると、すでに明らかなカリスマである。「HIMIKOさんは、スモークのなか、白い着物に緋袴の巫女スタイルで登場した。今日は女の顔の能面をつけている。すごいカリスマだ」（『ファイアボール・ブルース』）「一条のスポットライトが当たり、黒地にオレンジのファイアボールのガウンを着た火渡《ひわたり》さんが闇の中に浮かび上がった。何度見ても、心が痺れるくらい美しく、震えが来るほど怖かった（『ファイアボール・ブルース2』）

火渡たち女子プロレスのアスリートは、**川端康成**の踊子を思わせる。身体ではなく肉体、――肉体が躍動する。**『浅草紅団』**が参考になる。ただし桐野の場合、川端と違って、ここに女性作家の目線が入る。川端が女性的な作家であるだけに、川端の女性性と桐野の男性性、そのジェンダーの交錯が興味深い。

『ファイアボール・ブルース』「文庫版のためのあとがき」（1998）で桐野は、近田《ちかだ》という視点人物について、近田の秘密をこう打ち明ける。「『近田』は自分のことを『自分』と呼ぶ。『あたし』でもなく、『私』でもなく、『俺』でもない」。さらにこの「自分」は、「中性性をも獲得している。だから、女子プロレス界のような唯格主義の階級社会にあり、また女性でありながら女性性を廃した肉体言語によって成り立つ格闘技世界にあって、必要な人称代名詞と言えよう」。

実際、近田は「女なんだしね」（『ファイアボール・ブルース2』）という註釈をつけなければ、女とは分からない〈中性性〉を保つ。

『ファイアボール・ブルース2』でも、語り手の近田ひさ子の手になる「近田によるあとがき」が重要だ。これによって桐野は『ファイアボール・ブルース』全篇をフィクションに封じ込めた観がある。

「自分」（近田）は中性的で、男とも女ともつかぬヘルマフロディトス（両性具有者）に似た存在だが、ヒロインの火渡に惚れている。「女が惚れる女だよ」と『ファイアボール・ブルース2』にある。女が女を好きになる、――これは次章、**西加奈子**の主題である（「13 西加奈子」「縺れるジェンダー」のパート参照）。桐野も「試合後の、けだるそうでいて、まだ興奮が冷めやらないようなワイルドな表情」を見せる火渡について、「その試合後の感じが好きだった」（同）と。

この火渡観に見られるように、「自分」なる脇役のスタイルはレズっぽい。そこに近田のジェンダーの不可思議があり、エロスがある。『**メタボラ**』の「僕」に繋がる性の揺らぎがある。『メタボラ』などに明らかな、桐野が創造する男性主人公に覗かれる女性性。これが今後、桐野や西加奈子（『**きいろいゾウ**』2006、『**サラバ！**』2014等）たち、女性作家の放ち出すふしぎなジェンダーの強味になろう。

さらにいえば、女性作家の手になる『**源氏物語**』にしても、光源氏の〈手弱女《たおやめ》振り〉に関して、ジェンダー論から新たに語り直すことができるのだ。

# 13　西加奈子――刺青とジェンダー

## Introduction

いま名前が出た**西加奈子**に話題を移そう。

――二十年以上前の話だが、一九九八年、きわめつけの純文学者の**車谷長吉**が『**赤目四十八瀧心中未遂**』で直木賞を取った。このことからも分かるように、純文学作家とエンタメ系作家の別は、そんなにはっきりしているわけではない。**吉田修一**が山本周五郎賞（『パレード』）と芥川賞（「パーク・ライフ」）を同年（２００２）に受賞したことは、エンタメと純文の壁が取り払われた画期的な出来事だった。西の場合、エンタメ色は車谷や吉田、**桐野夏生**よりずっと強い。その恋愛ものはかなり通俗的である。にもかかわらず、彼女の文学性には並々ならぬものがある。

元はといえば、車谷や吉田は純文学志向、西や桐野はエンタメ志向。そうした相違も含めて、タトゥーとジェンダーという西文学のテーマを通じ彼女を論じてみたい。

なぜタトゥーか。それはタトゥーが現代社会に底流する、暴力的なものと深い因縁を持つからだ。

暴力と、そしてヤクザ的なものと。さらにいえば日本的な風土と。カルトと。

例を挙げよう。

**谷崎潤一郎**は「**刺青**」でヒロインの背中に彫った女郎蜘蛛について「この不思議な魔性の動物は、八本の肢を伸ばしつゝ、背一面に蟠つた」と書いた。若い刺青師が小娘の背中に入れた墨である。男は元浮世絵師、女は芸妓の使いの者。ともに社会の底辺に浮き沈みする、技芸の人たちである。

なぜジェンダーか。タトゥーはすぐれてジェンダーを越える、トランスジェンダーの特徴を有するからだ。LGBTの指標となりうるからだ。

なぜカルトか。『**サラバ!**』(2014)にその典型的な例証を見る。象徴としての刺青は、宗教的な礼拝の対象になりやすい。背中に弁天様を背負った「矢田のおばちゃん」が、『サラバ!』のカルトの原形にあったことを考えよう。

そしてこれらの要素がダイレクトに、荒くれてザラザラした西の大阪人の感性を喚起する。純文学の徒として西を招聘するのだ。

ここでは傍証として、**谷崎**、**デュラス**、**ロラン・バルト**、**村上春樹**など、純文系の作家を扱うこととしたい。

## 『ふる』と『まく子』

西の二十三冊に及ぶ小説本でも、純文学の特性を持つ『**ふる**』(2012)から始めよう。

長篇に新田人生《にったじんせい》なる人物が登場してくる。これだけ変わった名前の持ち主なら、ヒロイン「花《か》しす」の記憶にとどまるはずだが、小さい頃から二十八歳の現在まで多くの場面で「人生」なる男と出会いながら、なぜかそういうことは起こらない。**吉田修一**や桐野同様、変わった名前の人物を西は登場させる。これは今日のネーミングの風潮を反映する。この点に関して『**パーク・ライフ**』(2002)の「**flowers**」で、〈元日〉という変わった人名を使った吉田も、『**悪人**』で(性同一性障害をもじり)「氏名同一性障害」と造語し、「最近の子供の名前っていうのはあれですね」とやんわり皮肉る。新田人生なる人の不可思議さを花しすは、こう説明する。「一緒におると、[……]めっちゃ存在感あるんやけど、会わへんと、ていうか、離れると、忘れてまう人(西は一般に大阪弁を使う。方言の使用は今日の作家の流行。ただし西の大阪弁は桐野の東北弁や沖縄弁と違い、西の育った土地に由来する)。

いるのか、いないのか、分からない、こういう〈人生〉の不可思議な現象は、タイトル『ふる』に係る「白いもの」にも認められる。

変幻自在の「白いもの」は、新田人生その人や、会社の同僚、作者が寵愛する猫たちにもついてまわり、ふわふわと〈降る〉のだが、これなど**カフカ**の短篇に出てくるオドラデクに似た超常現象だ。

通俗小説から純文学へ、ここに西の一つの分岐点を見る。付言すると、筆者は純文をエンタメの上に置くわけではない。**バルザック**や**ドストエフスキー**の昔を懐かしむのではないが、すぐれた文学なら〈一視同仁〉すべしという考えだ。

ここでごくかいつまんで西の略歴にふれておこう。一九七七年、イランのテヘラン生まれ。エジプトのカイロと大阪に育つ。関西大学法学部卒業。二〇〇四年、出版社に持ち込んだ『あおい』でデビュー。翌年、『さくら』で二〇万部超のベストセラーを記録。二〇一五年、『サラバ！』で直木賞を受賞。エッセイには大酒飲みの話が多く、実生活では大のプロレスファンといわれる。

さて「ふる」といえば、西の小説では多くのものが降る。織田作之助賞の『通天閣』（２００６）ラストで降る雨から雪への変化は、村上春樹『世界の終りとハードボイルド・ワンダーランド』のエンディングを思わせる。短篇「雨男」（「クイック・ジャパン」１３９号「西加奈子特集」２０１８）にも、ムラカミエスクな雨のレミニセンスがある。水道のカランからは水が降り、『しずく』（２００７）表題作の猫たちを狂喜させる。『まく子』（２０１６）でヒロインのコズエが「まく」のも、「ふる」に関係しよう。

この小説の映画化で、女好きの父親を好演した草薙剛と西が対談して、原発やプラスチックのような人間の手に負えないものではなく、「きちんと朽ちていくとか壊れることが大切なのかも」（「ＡＥＲＡ」２０１９・３・18）といった発言に、西のエコロジーに係る姿勢をうかがうことができる。

鶴岡慧子監督の映画『まく子』（２０１９・３・15全国公開）は、温泉街の旅館の子、十一歳の慧《さとし》と、星から降って来た美少女コズエの交流を描いて、三島由紀夫の『美しい星』を連想させる。「落ちることは再生の始まり」と捉える西の思考を「誠実に映像化」（「読売新聞」２０１９・４・７）したＳ

F作品だ。

ところで『ふる』で何より降るのは言葉である。

花しすがタクシーに乗れば、「あんしん」という文字が降ってくるし、幼い花しすが動物園で着ぐるみを着た新田人生と写真に撮ってもらえば、「わらって!」という文字が降ってくる。

ともかく西は字が好きなのである。平仮名や片仮名、漢字が大好きなのである。『**円卓**』(2011)の石太《いした》やぽっさんは文字を愛好する。石太によれば「ぽっさんの放つ文字は、歌うようなリズムがあり、黒々と光る、たゆたう、はにかむ」。『**舞台**』(2014)の葉太は「文字の羅列を、食ってしまう」。エッセイ集『**ごはんぐるり**』(2016)でも「活字の料理たち」と、言語愛が表明される。料理さながら活字を食べる。貪る。咀嚼する。彼女の作家人生は文字への熱愛に始まった、といっても過言ではない。

この文字愛から、手や足に字を彫る西偏愛のタトゥーまでは、あと一歩である。

『ふる』の「白いもの」は新田人生以上に奇異な存在だ。「白いもの」は花しすには見えるけれど、他の人にはその普遍的な存在が感知されない。とはいえ彼女の愛猫、ベンツとジャグジーにはそれが見える。「ゆっくり閉めた扉の隙間から、頭に、例の白いものをたっぷりかぶったベンツと、それを肉球でつついている、ジャグジーの姿が見えた」。

こうした非現実感は『**漁港の肉子《にくこ》ちゃん**』(2011)にもある。主人公の肉子ちゃんには幽体と化した三つ子の老人が見える。『**きいろいゾウ**』のヒロインはアニミズムの世界に住まい、見えないものが見え、聞けないものが聞こえる霊媒的存在である。

## トランスジェンダーの意志

これらの幻視者が女性であることも、西のジェンダーに関係しよう。巫女という言い方があるように、霊能者には女性が多い。次の『**こうふく あかの**』（２００８）は男性を主人公とするが、これは男根中心主義 phallocentrisme が女性の膣に敗北する、そんな物語なのである。

『こうふく あかの』で、ビジネス街に突如出現する不気味なバーは、どうだろう。これはもうＳＦではないか。ＳＦもまた、先駆的に純文とエンタメをトランスしたメディアである。

プロレスのリングがまず目に飛び込み、カウンターではもの静かな小男と大男の二人組がサーヴィスする。こういう大小二人のペアは、**村上春樹『世界の終りとハードボイルド・ワンダーランド』**でお馴染みの愉快なキャラだ。

長篇は『ふる』と同じように二種の時間に分かれ、一方は現在時、他方は近未来にあい渉る。一方の主要人物は課長の神保《じんぼ》と部下の兎島《とじま》、他方はチャンとアムンゼン。西はペアの人物構成を好む。『**通天閣**』の男と女、「俺」と「私」の対位法はその典型だ。神保と妻の夫婦関係は途絶え、いまではセックスレスである。そのせいもあり、妻はバリ島に社員旅行中、現地の男と交わり妊娠してしまう。神保は悩んだ末、妻の出産を認める決心をする。

真っ黒で魁偉な赤ん坊が生まれるシーンは、神保の自虐を高調させる灼熱のクライマックスだ。

物語が二〇三九年に飛んで、近未来に時間を移すと、バーの小男と大男はトレーナーのチャンとプロレスラーのアムンゼンとなって登場してくる。

レスラーのキャラは直木賞候補で第一回河合隼雄物語賞の『**ふくわらい**』（２０１２）のメインにもなり、プロレスファンをもって任じる西の面目発揮だ。参考までに、**桐野**も（これは女子プロだが）プロレスファンだったようだ。女子プロを題材にした長篇が二作ある（『ファイアボール・ブルース』）。

西はプロレスのヤクザ的なもの、その暴力に関心を抱く。これはまっすぐ彼女の刺青への嗜好につながる。西ワールドを検索する筆者のポイントも、既成の社会を内裂させる貫入 invagination の強度に集中する。

アムンゼンがゲンをかついで試合前に飲むスープの気色悪いこと。「死んだ豚の味がする。この世界で、唯一死ぬことが許された動物の、その血の匂いがする」。ＳＦとはいえ**村上春樹**や**カズオ・イシグロ**に通じる、西のリアリズム離れが極まるところだ。

不敗を誇るアムンゼンだが、うっかり〈おまじない〉のスープを飲み忘れ、サミー・サムというズブの新人に敗北を喫する。リング下には、立ち上がり「俺の息子よ！」と叫ぶ七十歳を越える老人がいる。むろん三十二年後の神保の「こうふく」な姿である。

タイトル『**こうふく　あかの**』の「あか」は、サミー生誕の修羅場で通った母の真っ赤な産道を指すのだ。

**『こうふく　みどりの』**（2008）は緑という女の子を主人公とし、『こうふく　あかの』は神保やアムンゼンという男性を主人公とする。「女の人は膣のあたりで動物的にものを考えている。その間、男の人は猪木を見て泣いているんです。ロマンチストやなあ（笑）」（「野性時代」2009・6「西加奈子について」）。

同時期に書かれ、相互に無関係な**『こうふく』二連作**における、西のトランスジェンダーの意志は明らかである。

## 「同じ女の人やろ」（『ふる』の母の言葉）——女性器に始まる

**『ふる』**の花しすはウェブデザインの会社に勤め、AVに出演する外国人の女性器にモザイクをかけるのが仕事だ。西を始めとして**桐野夏生**や**吉田修一**など、現代作家は登場人物を徒食させない。彼、彼女らは勤務中に描かれる。その点、旧世代の**古井由吉**等とは違う。古典でいえば、**ジョイス**の**『ユリシーズ』**が仕事の現場で人物を捉え、当時としては新鮮だった。それでもブルーム夫妻でいえば、レオポルドは小新聞の記者だが、マリオンは今でいう専業主婦。男女の格差に歴然たるものがある。ジョイスと並び称される**プルースト**となると、その主人公は（家が大金持ちで半病人だから当然だが）まったくの無為徒食の遊民だ。今は女性も仕事をするのが当然で、花しすの仕事相手は女性器である。女性が女性の性器を熟視する。そこにクールでニュートラルな西のまなざしが生まれ、これが**『こうふく　あかの』**で出産を見守った神保のアナログな赤い熱気とコントラストをなす。

花しすは仕事場にレコーダーを持ち込み、同僚や自分の会話を録音する。まだ誰も出社しない朝のオフィスで再生すると、花しすの耳目に過去と現在がデッドヒートをくり広げる。片や、女性器が花しすの仕事で、「拡大した性器は、大きく花弁を広げた花のようにも見えた」。モザイクがけをする花しすは、まるでタトゥーの牡丹でも相手どるかのようだ。片や「まあいいか、これで。よし、かんぱい！」忘年会のやりとりが再生される。

さらに奇々怪々なことが起こる。口にした憶えのない自分の声が混じり、例の新田までがこんなおかしな〈自己言及〉をするにいたるのだ、――「あなた、今までたくさんの新田人生と会ってきたでしょう。でもその人たちをね、あなたはすっかり、忘れてきてるんですよ」。

そして大団円。小学生の自分を想起する花しすに、母の手引きで祖母のシモの世話をした情景が蘇ってくる。ここで花しすは、これまで男たちがエロティックに幻想してきた、メタファとしての性器ではなく、事実そのものとしての女性性器を直視する。西に男性の欲望が（おそらく）欠如するところに、この視覚のおそるべき強度がある。「初めて見た大人の女性の性器は、花しすが思っていたのと、全然違った。［……］黒っぽい、びらびらとした皮膚があり、その奥に、真っ赤な肉が見える」。

ついに花しすは「忘れんといてな」という声を耳にして、最愛の母のテーマが鳴るのだ。

この母は西の実生活でも特別に愛される存在で、中学生の西が高校受験を前にインフルエンザに罹り、もうダメと寝ていたら、布団の上に「がーっ」と乗ってきて、「お母さんが絶対に治したるから！」。「めっちゃ泣けました」（「朝日新聞」2019・1・13）と。

## 『サラバ！』の直木賞作家、姉を〈かぶる〉

直木賞受賞作『**サラバ！**』で作者は、**ガルシア＝マルケス**から**アーヴィング**にいたるストーリーテリングを自家薬籠中のものとした。それはおかしくていびつな圷《あくつ》一家の物語だ。

西が他人に成り変わる才能に目を見張る。**ランボー**のいわゆる〈私は他者だJe est un autre〉。西はこれを〈かぶる〉と言う。全身をタトゥーで覆うのと似て、極彩色で身を装う快楽に身をゆだねる。女性の特権である。**村田沙耶香**との対談に「例えば沙耶香を丸ごとかぶって、沙耶香の目から外を見たいって」（「新潮」2018・10）。他人に成りきってしまうと、自分は消える。ここに稀有な物語作家誕生の秘訣がある。

一例が『**通天閣**』の西はまるで「俺」という男に憑依するようである。男に変成した西が出現する。女声より男声のパートに、はるかにリアリティがある。男声の「俺」にのり移るところに、西ジェンダーの謎を解く鍵をみる。これは『サラバ！』の「僕」にぴたりと一致する、トランスジェンダーの問題系だ。

語り手の「僕」は圷歩といって、男にも女にもなる「フレキシブルな名前」の持ち主だ。主人公のジェンダーの両義性が明示される。**ボードレール**は『**悪の華**』の「**レスボス**」で「僕は幼年時より黒い神秘への参入をゆるされた」と歌ったが、西の場合、「僕は否応なしに女の様々なことを解する男になってしまった」のだ。

ところで『サラバ！』は自伝小説だろうか？　早くから西を評価し、実生活での交流もある芥川賞作家の**又吉直樹**は、文庫の解説で「主人公である圷歩が三十七歳までの人生を書いた自叙伝」と簡潔に要約した。

一九七七年、イランのテヘランに生まれ、大阪育ちであること、父の転勤に伴いカイロで幼少期を過ごしたこと、このあたりは略歴で述べた。一九九五年に阪神淡路大地震とオウムの地下鉄サリン事件を経験すること、大学卒業が就職氷河期に当たることなど、ロスジェネ世代の共生感は、**平野啓一郎**、**中村文則**、**上田岳弘**と、筆者が論じてきた七〇年代後半生まれの作家と同じく、西の経歴を忠実に踏まえるが、自伝的といえるのはそこまでで、たとえば歩には姉がいるが、西には兄が一人いるだけで姉はいない。

西は小説で姉や妹を好んで多用する。『**さくら**』（２００５）のヒロインで、語り手の兄より魅力あふれる妹のミキ、『**きいろいゾウ**』の自殺した「ない姉ちゃん」、『**うつくしい人**』（２００９）の姉、『**白いしるし**』（２０１０）で**野坂昭如**『**火垂るの墓**』を連想させる妹、「**地下の鳩**」（『**地下の鳩**』２０１１）の妹、「**タイムカプセル**」（同）のやはり自殺した姉、などが思い浮かぶ。

ここで『サラバ！』の姉や「地下の鳩」の妹が美術の才能を持つことに関連して、絵本作家の西についてひと言ふれよう。

西の絵本は三冊ある。『**絵本　きいろいゾウ**』（２００６）は後述として、『**めだまとやぎ**』（２０１２）では、山羊や砂漠、ラクダやサソリに、彼女が小学一年から五年までカイロの砂漠近郊で過ごした体験が反映する。『**きみはうみ**』（２０１５）は、「くらやみ」を脱出した主人公が、海の美しさに感動しながらも、最後に自分の元いた場所の「くらやみ」にめざめるという、短篇「**ある風船の落下**」（『**炎上する君**』２０１０）に似た物語が、西天性の資質である童話の展開を見せる。そういえば**村上春樹**も絵本を好む。村上の場合、翻訳が多いが、絵本の分かりやすい文章が愛されるのだろう。

『サラバ！』の西は、自身のモデルをライター（歩）と美術家（貴子）に分かつと同時に、男と女の二つの性、「僕」と姉の両性に分割することを好むのである。

トランスジェンダーそのものの作家なのである。

## 物語が裂開する

むろん『**サラバ！**』では、主人公が女性ではなく、擬似的とはいえ男性になることが決定的だ。「僕」の発見はすでにデビュー作『**あおい**』（２００４）と一冊にして発表されたプレデビュー作「**サムのこと**」や、二冊目の『**さくら**』にみられるが、『サラバ！』の「僕」はいっそう擬似自伝の深度を強める。

西は『サラバ！』で自伝小説や私小説と戯れ、その裏をかいたといえる。

姉の彫刻する巨大なオブジェ「巻貝」の夢を見るシーンがある。

「あと一歩と近づいたところで巻貝が急に持ち上がり、中から人が現れる。それは姉ではなく、僕だ」

姉＝「僕」の戦慄すべき予知夢である。

「そもそも僕は、男でもないかもしれない」と「僕」は打ち明ける。主人公が名乗る歩なる男性の背後には、パリンプセスト（書いてあった文字を消して、その上に新たに文字を書いた羊皮紙）のように姉の貴子がいる。「僕」の後ろに姉が見える、――後半になるほど「僕」以上にくっきりと、あきらかに。直木賞の選評で西を推した**桐野夏生**によれば、「この作品の白眉は、何と言っても主人公の姉の造型に尽きる」（「オール讀物」2015・3）。『サラバ！』の圷歩とは、歩と貴子の合体した両性具有者《アンドロキュヌス》だったのである。

「ご神木」と呼ばれ、ガリガリに痩せてストイックな姉は、「矢田のおばちゃん」なる女性に心酔し、「サトラコヲモンサマ」と呼ばれる物神《フェティッシュ》――〈茶トラ猫の肛門〉を礼拝する。『**きりこについて**』（2009）の黒猫ラムセス二世に代表される、猫カルトの成立だ。猫といえば、本書で扱う**吉田修一**にも、猫がけっこう登場してくる。これは**村上春樹**以来の流行かもしれない。村上はなんといっても猫派作家の領袖なのである（拙著『村上春樹とネコの話』参照）。

西のそういう猫カルトの核心に、矢田のおばちゃんの神秘な恋があった。

――終戦直後のある日、背中に大きな弁天様を背負った「刺青の人」が、おばちゃんの前に現れる。「時間にしてほんの数秒の間」と作者は奇蹟の出会いを語る。「おばちゃんと刺青の人の恋があった」。

これは本来なら「僕」の容喙できない、女と男、二人だけの秘密である。西はみずからつむぎ出した「物語の壮大さ」に圧倒されるのだ。物語と小説、両ジャンルの相違は一概にいえないが、前者は（**桐野夏生**や**吉田修一**のように）視点人物のシバリがなく、自在に多くの人に転移することだろう。**西**、**吉田**、**桐野**と、視点の移動に注意したい。

歩は終幕で**プルースト**と**サルトル**（『**嘔吐**』）以来恒例になった、『**サラバ！**』と題する〈この小説〉を書き始めるが、「書いていると、時々自分が物語の『神』になってしまうことに気づいた」と、物語への決定的な回心を語る。

奇妙な回心である。物語から小説へ、近代文学の歴史は変遷してきたのだが、西はむしろ小説から物語へと逆転した。これは回帰ではない。この変化はねじれていて、新しく西に発生した物語は旧来の小説のなかへ貫入する。起動する invagination。膣 vagin の内部で物語が裂開する。物語が出産される。西の女性生成が生起して、小説ならざる化け物じみた物語を産んだのである。

カイロ時代の「僕」がナイル河に現れるのを見た「大きな白い生物」は、『**ふる**』の「白いもの」の転身であると同時に、西が体の裂ける出産の痛みとともに見出した、女性にだけ生成が可能な、怪物的な物語の誕生だったのだ。

矢田のおばちゃんは「刺青の人」にならって背中に弁天様を彫らせる。冒頭近く、おばちゃんと銭湯に浸かるとき、「僕の最初の記憶も、実はおばちゃんの弁天様だった」。いよいよ西タトゥー全開である。

ベストセラーになったデビュー作『**あおい**』のボーイフレンド、「カザマ君のお腹には、変な地図のタトゥーがしてある」。最後のページでは「あのへんてこりんなタトゥーには、もうひとつ出来損ないのスマイル君小さいバージョンが付け加えられることになる」。

刺青に始まり、刺青に終わる、『あおい』の描くサークルは明らかだ。

いかにも「**刺青**」といえば**大谷崎**である。この文豪が関東大震災以後、関西に移住したことと、大阪を故郷とする西のやさぐれた作風、刺青への嗜好には、関連があるに相違ない。『サラバ！』の矢田のおばちゃんも神戸生まれ、「その筋の人の恋人だったのか、それともおばちゃん自身がその筋の人だったのか」。

『**きいろいゾウ**』では武《む》宰《こ》歩《あゆむ》（『サラバ！』の主人公と同じ名）の背中に大きな鳥のタトゥーがあって、「ムコさんって、やくざだったの？」と意味深な質問を、ある少年が投げかける。「ヤクザ」や「極道」への言及は、大阪弁を多用し、占い師も出てきて、「自分が男性ではなく女性だと」気づいて、「陰茎も睾丸も残しながら女性になりたい」と願う、ふしぎなジェンダー短篇、最近作「**掌**」（「すばる」2020・6）にもあった。まず、〈「私」＝西加奈子＝女性〉の観念がインプットされ、それがラストで心地よく、しかも不確かに〈どんでん返し〉される。西のジェンダーはかくも謎に満ちる。

## 縺れるジェンダー

『**サラバ！**』の主人公が「僕」というより姉であったのと同様に、『**あおい**』の主人公は「あたし」ではなく、性同一性障害の「みいちゃん」だったのかもしれない。

みいちゃんが「僕」という人称で話すとき、「『僕』っていうのは、忘れてたけど、みいちゃんは『性同一性障害』だ」とあり、『あおい』から『**おまじない**』（2018）まで、西の全小説を透視する目が、デビュー当時、あらかじめ仕込まれていたことが分かる。

『あおい』に収められ、『あおい』より先に書かれた「**サムのこと**」を始め、とりわけ『**i**』（2016）のレズビアンに顕著だが、作者は主要人物の性差を好んで混乱に陥れる。ジェンダーが揺らぐ。「なんで『僕』なんやろ」と西が自問する、歌人**せきしろ**との共著『**ダイオウイカは知らないでしょう**』（2010）を参照しよう。

女性作家がゲイに化ける。ここに西の要点がある。「**サムのこと**」の「僕」は「男の子が好きだ」と告白して憚らない。「恋人はいつも男の人だった」とも。これは女性が男性に化けるわけではないが、**吉田修一**の『**横道世之介**』（2009）に出てくる加藤というホモの男も、「俺さ、男のほうがいいんだよ」とカミングアウトする。

ジェンダーが交差配列（**メルロ＝ポンティ**）する。性が縺れる。西には小説で使う「僕」という一人称が、彼女自身にも不可解なのだ。『あおい』はこっそり秘密を打ち明ける。「男の子のみいちゃんはあたしのこと、結構好きなんじゃないかなぁ」（傍点引用者）。

レズビアンの性行は、『**こうふく　みどりの**』で中学生の緑が、明日香なる同年輩の女友だちに抱く密かな恋心にもうかがわれる。従姉の藍ちゃんがコジマケン（児島犬）という少年を「好きやねん」と絞り出すように呻くと、「うちが言いたかった言葉、明日香に、コジマケンに」と緑は思う。「コジマケンに」は分かるが、「明日香に」とは？

レズの恋が冷たく静かに燃えるのは、「サムのこと」と並ぶベストの短篇「**オーロラ**」（『おまじない』）の二人の女性、ダンサーのトーラと会社員のケイだ。トーラを連れてケイは、トーラの好む（どこか**ランボー**の「心なしのR」を思わせる）「心がない場所」に旅をする。

「明け方、眠れないと言って、トーラが私のベッドに入って来た」

## 女性による、女性のための、女性だけの——『きいろいゾウ』

映画化され、絵本にもなった『**きいろいゾウ**』は刺青の素敵なパレードだ。

大判の絵本は滋味深い文字愛と、黄と紺と金の鮮やかな色づかいが、めざましく視覚に訴える一冊になった。西によると、星空を描くには、女性が使うラメ入りのマニキュアを使用したという（「野性時代」前出）。

黄色い月の降らせる「光の粉」を浴びたゾウが空を飛び回り、病気で動けない女の子を背中に乗せて旅させてくれる。**村上春樹**の『**風の歌を聴け**』のＤＪに似た少女を救う童話である。

西の書いた帯によれば、「小説『きいろいゾウ』から生まれた絵本なのですが、描いていくうち、私はいつしか、この物語から小説は生まれたのだと、思うようになりました」。

絵本の文章がほぼそのまま、小説の各章の冒頭に使われ、歌の前書きの効果を上げる。絵本と小説で漢字と片仮名が使い分けられ、西の文字に対する感性が光る。ジャズの take 1, take 2 の感覚である。おまけに小説の最初と末尾に、「属目の羅列」（文庫解説・**岡崎武志**）が詩のように「必要なもの」として列挙され、最後に大きめの字で「ぼくのつま」。こういう羅列にも筆者は村上春樹を感じる。

小説『きいろいゾウ』には、ヒロインが絵本『きいろいゾウ』を読む場面があり、ここに作品の複雑に錯綜した、まさしく膣状の構造をかいま見ることができる。これもまた西流のメタフィクション、女性による、女性のための、女性だけの相互貫入の一例だろう。

ムコさんが背中に彫ったタトゥーは、長篇で決定的なはたらきをする。善悪、幸不幸、吉凶の両世界に飛び立つ運命の鳥だ。

東京の編集者から田舎に住む駆け出しの作家、武辜の家に一通の封書が届く。そこには「あなたの助けを請いたい」という〈昔の恋人〉の夫からの手紙が同封されていた。

〈昔の恋人〉の消息で運命の歯車が回る事件は、『サラバ！』でカイロ在住の一家にも出来し、主人公の父、圷憲太郎の運命を狂わせるのも、一通の手紙だった。

『きいろいゾウ』では、東京からの手紙の一件を、ムコの書く日記でツマが読む（ツマは本名妻利愛子、妻にかけてあり、ムコは武宰、婿にかけてある)。夫婦が互いの日記を読みあう**谷崎**の『**鍵**』に類似したシチュエーションだ。『鍵』に較べてとくに前半、『きいろいゾウ』は女性中心、女性主導であることに注目したい。

## デュラスと涙

武宰と知りあう前、〈昔の恋人〉は浜辺でバックパッカーの男とすれ違った。一瞬の出会いで、女と視線を交えた男はなぜか泣き始める。その翌日、男の水死体が発見される。「私の幸せは」と彼女は武宰に話す、――「一瞬にしてあの男の人に奪われた。彼の涙に」。

彼女はもはや空《から》の入れ物でしかなく、男に中身を奪われた抜け殻になってしまったのだ。浜辺で泣く男の話は**デュラス**である。

海を見て泣く女の挿話は、『**サムのこと　猿に会う**』のベストの短篇「**泣く女**」にもあり、西の好きな話だろう。

西といえば**トニ・モリスン**が定番だが、筆者はむしろデュラスを読む。

西とデュラスの類縁は多数ある。ベストセラー『**さくら**』から引く。

「それは全く、いびつな恋だった。あんまりいびつすぎて、もしかしたらそれが真実なのではないかと思わせるような、悲しい恋だった」

「それは、誰か［兄］に絶望的な恋をしている、女の人［ミキ］の声だった」

「ミキの［兄への］恋は圧倒的で、かけねがなくて、恐ろしいくらい優しかった」など、西らしい絶唱である。これらにはデュラスの声調、**マルグリット**の「下の兄さん le petit frère」への愛が反映する。

西とデュラスの相関は他にもある。『**白いしるし**』の「私の人生は、失恋の歴史であった」には、『**愛人**』の奏でるデュラス節が聞こえるし、『**漁港の肉子ちゃん**』の「私はそのとき、自分の人生が、10歳にも満たない今終わった、と思った」は、『愛人』のパロディ、デュラスへの目配せといってよく、『愛人』より何歳か早い（「10歳」！）少女の、けなげな没落が語られる。前に述べたことだが、デュラス贔屓には西（『漁港の肉子ちゃん』２０１１）と**桐野**（『**路上のX**』２０１８）の相似が認められる。西の方が桐野より七年先行する。桐野には「十三歳で早くも年老いて」（『路上のX』）とあって、女性作家二人のデュラスをめぐる競合には興味を惹かれる。「花の色はうつりにけりな」（**小野小町**）の嘆きは、**小町**、**デュラス**、**西**、**桐野**と、古今東西変わらぬものと見える。

晩年のデュラスがヤン・アンドレアというゲイの青年を愛人にしたことも、西とデュラスを近づける機縁になる。『**i**』にみられるストレートのアイとレズビアンのミナの仲、さらにレズビアンのミラを加えた三者の関係を重ねると、西の揺らぐジェンダーから見えてくるものがある。

## 一枚の淡い光を放つ羽

浜辺で死んだ男の話を聞いて、武宰は「ない姉ちゃん」という、神社で木にぶら下がって死んだ叔母のことを思い出す。「ない姉ちゃん」は武宰のオブセッションだ。

「あなたの入れ物を、綺麗にしましょうね」――〈昔の恋人〉はそう言って、武宰の体に大きな鳥の絵を描く。ある日、夫が応対に出て、妻は精神を病んで静養中だ、と断わって二人を会わせない。それでも夫は妻が最後に描いた鳥の絵を武宰に託す。

武宰はその絵を自分の背中に彫って、色鮮やかな刺青に残したのである。――〈昔の恋人〉の夫からの願いに応え、武宰は東京に出て、彼女に会いに行く。「あなたに、会いにきました」と、ここでもデュラス調モデラート・カンタービレが奏される。〈昔の恋人〉は武宰の背中に触れ、羽の一枚一枚をなぞってゆく。羽は武宰であり、〈昔の恋人〉にほかならなかった。その羽がいま「飛びたい」と告げる。彼女は床にくずおれて泣く。「ああ」と彼女の声が聞こえる。

鳥の羽はふわりと飛び立つ。月に舞う黄色い光線の織い矢のように。

## 刺青小説の精華――『ふくわらい』

『きいろいゾウ』で飛び立った刺青は六年後、『ふくわらい』に舞い降り、ヒーローからヒロインへと性を更新しながら、新たなタトゥーを入れてゆく。

〈ふくわらい〉とは、まことに本書『笑う桐野夏生』にピッタリの書名ではあるまいか。

ヒロインの鳴木戸定《なるきどさだ》は旅に出て、行く先々でタトゥーの看板を見つけると、その店に入り、体に墨を入れる。

旅が終わるころ、定の肌は華やかな刺青に覆われる。

定は人の顔のパーツを文字さながらにあつかう〈福笑い〉を趣味にする。彼女は『**ふる**』の花しすや『**円卓**』の石太とおなじ、文字の大いなる愛好家なのだ。身体に文字を彫るタトゥーに似た嗜好である。現在は編集者で、守口廃尊《ぱいそん》というプロレスラーを担当する。

『ふくわらい』の主要人物はほかに、定と同じ出版社に勤める「美しすぎる編集者」の小暮しずく、白杖を持つ武智次郎という盲目の青年がいる。武智は定に会うたびに「先っちょだけでも入れたい」と突飛なことを申し出る。「先っちょだけ」が彼の妄想だ。

定は武智と日曜日の新宿通りを歩く。路上でストリップティーズのように一枚ずつ服を脱いで全裸になる。〈先っちょ〉定の全面開花だ。定はすっかり花になる。その体は「世界中で入れた墨に守られながら、きらきらと光っていた」。

刺青で終わる明るい画面は、西ならではの美しいランディングだ。

## LGBTへ

こうしてみると、西の小説に刺青の出てこない作品を探すのが難しいくらいだ。

『**こうふく　みどりの**』のコジマケンの胸には「A」の字が彫ってある。**中村文則**『**迷宮**』（2012）風の絵巻物をくり拡げる『**窓の魚**』（2008）では、謎の女が大きな牡丹の刺青を脚にからませる。『白いしるし』のヒロインは「十八歳になったとき、左肩に彼と同じ刺青を入れた」。それは「せかいのはじまり」という梵字である。『円卓』の父、寛太の腕には「イカリのマークの入れ墨がある」。『おまじない』の「オーロラ」では、アラスカの温泉で会った人はみな「上半身の皮膚が見えないほど墨を入れていた」。同じ短篇集の「あねご」では、キャバクラに来た売れない芸人の袖口から「手首にまきついた蛇の刺青」がのぞく。「ドラゴン・スープレックス」（同）で「肩甲骨に大きく彫られた青色の蛇は、ママの体温を低く見せる」。短篇「ＶＩＯ」（「すばる」２０１９・６）でも、タトゥーメイクが話題になる。

『サラバ！』に見たとおり、西にあっては刺青をメディアにして、ジェンダーの揺らぎが生じ、ＬＧＢＴへの流れがつけられるのだ。

## 「水よ！／キス？／さんま？」

『ふくわらい』で生彩を放つのは定の会話である。語り口があまりに慇懃無礼で笑えるのだ。小暮が「ツナマヨとか超美味しいのに」と言うと、定は律義に「つなまよ、つなまよで合っていますか。つなまよ？　つなまよ？」すると小暮が、「何言ってるんですか、受ける。ツナマヨですよ、合ってますよ！」

　次もまた丁寧すぎて、へんてこな会話で、すこぶる「受ける」。定が敬語で「そうですね、ストローがなくても飲めますものね」。対して守口が、「うわ、そもそもストローって何だ。うわ、うわ、ストローって、気色悪《わり》ぃよ。すとろー。変だ、あれ、ストローで合ってる？　すとろー？」

　ツナマヨにせよ、ストローにせよ、これらの単語は「会話を続けるためだけに」使われる（『ｉ』）。それはくり返され、次第に意味の空白に近づいてゆく。「お前がお前やと思うお前が、そのお前だけが、お前やねん」（「ドラゴン・スープレックス」）。まさしくこの短篇を収めた短篇集のタイトル『おまじない』だが、おまじないは人を呪うのではなく、肯定と否定が打ち消しあって、言葉の零度に達するところに魔力が存する。無が最高の力を発揮する。タトゥーと同じだ。『こうふく　みどりの』で鳴る「ぞうぞう、ぞうぞう、」という海嘯は、『窓の魚』で川が鳴る「ぞう、ぞう、」というざわめきに反響する。『炎上する君』所収「トロフィーワイフ」のライトモティーフ、「あなたのような人をね、欧米ではトロフィーワイフというのよ」は、増幅され、拡張され、全篇を覆うにいたる。『円卓』の石太は琴子《こっこ》について「大物というのは、何かしらの」とくり返し、孫娘に期待するところが大である。

　そして、ついにリフレインだけからなる作品が西によって夢見られる。『しずく』表題作の猫の対話のように。「猫らしくないというか、猫らしくないし、大体、猫らしくないわ」。息せき切って口疾に猫が喋るのは『海辺のカフカ』（２００２）の〈引用〉だが、アリスのワンダーランドのようだ。それは次の猫語でピークに達する。「水よ！／キス？／さんま？」。

　これはもうタトゥーと同じ無意味な文字の愉快な羅列だ。

もう一つ、今度はストレートのアイが、レズビアンのミナとスカイプで交わす対話がある（『ｉ』）。

二人はウクライナ系アメリカ人のミナの恋人、筋金入りのレズビアン、ミラのことを語りあう。ミナとミラのジェンダーが、長篇に微妙な屈折を与え、これは極上の音楽だ。女だけのトライアングルが打ち鳴らされる。ジェンダーが揺らぐ。その甘美なリズムを聴こう。「あれ、何の話だっけ？」「なんだっけ？」

こういう余談にこそ、西ワールドの醍醐味は存する。余談が本篇の場所を奪う。入れ墨が身体を覆う。**デリダ**的なパレルゴン parergon（フレームが絵画に取って代わること）。タトゥーの効用というべきだ。

## 変態するS／Mの人形愛――「地下の鳩」

ここで扱う『**地下の鳩**』は、「**地下の鳩**」と「**タイムカプセル**」の二篇を収めた連作小説。両作は人物再登場の手法に従って、ゆるやかな関連をたもつ。『**こうふく**』**二連作**（猪木や森元、明日子等の人物がサブリミナルに〈再〉登場する）と同じ構造である。

「**地下の鳩**」は緻密に構築された恋愛小説だ。そこでは吉田とみさをの複雑なS／Mマシーンが不気味に回転し出す。これはまた詩人の**金子光晴**と**森三千代**のS／Mと違って、もろに小説的な風景である。**吉行淳之介**風のダンディズムが眼目になる。吉田はキャバレーで働く四十歳のうらぶれ男、みさをはスナックのチーママ。こういう人物構成も夜の街の風俗を描く吉行風である。

**谷崎**や**吉行**の小説でもそうだが、西も食の風景を得意とする。みさをは変わったグルメ（食通）

だ。グルマン（大食）というべきか。絵本『めだまとやぎ』で、いつもよだれを垂らす山羊のさくらちゃんそっくりだ。会計はすべて吉田持ち、愛人のみさをはもっぱら食べる役である。彼女は本当によく食べる。「豚みたいや」吉田が言うと、「豚豚」とみさをは（村上龍に倣い）笑って返す。吉田はといえば、彼はせいぜいビールを飲み、キャベツをかじるだけ。

「自分はただのマゾヒストなのか」とみさをは自問する。とはいえ話はそんなに単純ではない。吉田がみさをを手荒に扱っても、「みさをの表情は、ぼんやりとした、人形のようなものになった」。人形のように扱われるみさをは、恋の奴隷ともいえるし、みさをが暴虐な女神と化して吉田に君臨し、暴君さながら支配するともいえる。

みさをは非情なサディストたらんとする。しかし吉田が結膜炎の膿のついた眼帯を渡すと、みさをはそれを嬉しそうに自分の顔につけ、「人懐っこい日で、吉田の目を、澄んだ鳥の目をじっと、覗き込んだ」と、やさしい眼球譚（バタイユ）が奏される。

吉田の鳥の目は、鳩のディテールを冷静に観察するサディストの目に転じる。冒頭で「鳩がいる。灰色の羽毛、首は不自然に青く、てらてらと光っている」。タイトルの由来だが、鳩はラストでも現れ、「地下の鳩」の円環をメる。

中篇は村上の「ハンティング・ナイフ」（『回転木馬のデッド・ヒート』1985）のように「ない」をテーマとし、地下鉄のホームで電車を待ち、鳩を凝視する吉田の耳に入ってくる、「ないよなー、ないないないない」という若い女の会話が一篇をリードして、「ない」の主導旋律を響かせる。

これはラストに共鳴し、吉田の「無いんや」を呼び起こす。彼はみさをにあり金をつぎ込んで「もう、金が無い」と嗚咽する。それでも「吉田は、みさをのことが、まだ好きだった」。

**ゲイのジェンダー**

「**地下の鳩**」にチョイ役で出る、ミミィという〈トークバー　あだん〉のオーナーが、スピンオフ篇「**タイムカプセル**」で再登場し、表舞台に出て主役を張る。逆に吉田はつまらない端役に転落し、ミミィの目線で「空気を読まない男」と軽蔑される。

最初の短篇「**サムのこと**」、『**通天閣**』の隣人ダマーと、西の小説はホモのオンパレードだが、「タイムカプセル」でゲイを全面に打ち出すジェンダー小説の誕生をみたのである。

ミミィは嘘で身を装う。男装する。しかし「元々男だった自分が男装する、というのもおかしな話だ。どちらが嘘なのか、分からなくなる」。嘘とゲイ、嘘とジェンダーの錯綜した関係が暗示される。前のパートの**金子光晴**、次のパートの**ロラン・バルト**や**吉田修一**に繋がる題材だ。

冒頭の一行、「芍薬の花びらが、四枚ほど落ちている」は、「本物の花には及ばない、造花の美しさ」に対する反証だったのか。花弁をゴミ箱に捨てるミミィの手に、「若い女の皮膚」のような「なまめかしい感触」が残る。生花に対するゲイの反応はアンビバレントである。それでもミミィが『**花のノートルダム**』（ジュネ）の同類、LGBTの一員であることには変わりがない。

ミミィは『**通天閣**』の「俺」のように大阪の街を徘徊する。心斎橋駅から阪急梅田駅へ歩く

flâneur（さ迷う人）だ（flâneurは本書「3　平野啓一郎」「西へ」のパート参照）。彼はさながらポーの「群衆の人」か、（一次）大戦下にパリの夜を彷徨するシャルリュス男爵、この男色家を引用して夜のパリに若者を渉猟するロラン・バルトに変身する。さもなければ吉田修一『パレード』の「いつもいつも歩き出すばかりで、歩き着く場所というのがおれにはない」という十八歳のサトルか。オカマのミミィはついにマスクを脱ぎ、透明な顔をさらす。「オカマとして店に出るミミィが本物ならば、今の自分は透明だ。でも、もし今の自分の姿が本物であるならば、夜の自分は何なのだろう」。

揺らぐジェンダーが妖しく美しい。

# 14　ロラン・バルト――『テクストの楽しみ』

## 演者としての文芸批評家

ここでflâneur（さ迷う人）の主題によってロラン・バルトの方へ舵を切ろう。

バルトに『小説の準備』（2003）と題した、コレージュ・ド・フランスの講義録がある。その最晩年の講義（1980・1・5）でバルトは、一つの断章に「純粋な本」という小見出しをつけ、ヴァレリーの『テスト氏』とバルト自身の『テクストの楽しみ』（1973）の相同性をうち明ける。

「トータルな書物の対極に、短い、濃密な、純粋で、本質的な、書物の可能性がある。小さな本、〈純粋な本〉、あるいはマラルメが言うように（1869）、――大きな計画のかたわらに、〈ある奇妙な小さな本、非常に神秘的で、すでにいくらか教父たち（つねに宗教の書の母体がある）の本に似たところがあり、きわめて蒸留されて、簡潔な〉、私はそういう〈純粋な本〉の例として、私の好みによって、ヴァレリーの『テスト氏』を挙げたい」

これはそのままバルト本人が『テクストの楽しみ』のことを言っているのではないか、と思わせる一節である。『小説の準備』でバルトはくり返し、彼自身の「小さな本」――『テクストの楽しみ』の深淵をのぞき込んでいるようだ。

そんなことを踏まえた上で、バルトと小説というきわめて微妙な問題を考えてみよう。

むろんバルトは、その専門領域からいえば文芸評論家である。文芸評論家でありながら、文芸評論家のつねとして、〈小説〉を書くことへの夢見がちな精神があった。バルトと小説の接点は一筋縄ではいかない。ヴァレリーの『テスト氏』にせよ、彼自身の『テクストの楽しみ』にせよ、小説に無限に接近した評論と考えていた節がある。


『**テクストの楽しみ**』で主人公が、「私」という名前で登場してくるのは、ようやく三つめの断章の冒頭においてである。

通常の登場の仕方ではない。この人物は全文に丸括弧をつけた文章のなかで、つまずいたり、混乱したりして、ようやく姿を見せるのだ。

「(楽しみ/歓び。専門用語としては、これはまだ揺れ動いている。私はつまずき、混乱する)」

これが「私」の初顔見世である。奇妙な顔見世である。小説のヒーローとして考えれば、まったく異例としか言いようがない。

丸括弧はまだよいとして、スラッシュ(/)をあいだにして、楽しみと歓びが向かいあい歓楽の限りを尽くす。そのありさまを観察する、——というより、覗き見る——「私」の韜晦ぶりがうかがわれる。

ここでは「楽しみ」と「歓び」という二つの名詞の性別 genre に注意したい。フランス語では「楽しみ le plaisir」は男性名詞、「歓び la jouissance」は女性名詞である。すなわち、このロマネスクな装いを持つ人物である「私」は、男（「楽しみ」）と女（「歓び」）の性的な歓楽《オージー》を前にして、「つまずき、混乱する」のだ。

しかも、この楽しみの男も、歓びの女も、つまずき、混乱する「私」の分身、ある意味では同一人物であるのだから、「私」と〈楽しみの男〉と〈歓びの女〉、三者のあいだの混乱は極限に達する。しかも『テクストの楽しみ』の別のところで、批評の楽しみについて、「私は楽しみの覗き屋になればよい」と言うのだから、なおさらである。

かくして「私」は二重、三重に倒錯した人物になるわけだが、とりわけここでは、この「私」が男性と女性の合体したホモセクシャルな身体を持つ、両性具有《ヘルマフロディトス》のアクター（演者）であることに注目したい、——まるで現像液に浸されて印画紙に人物（「私」）の画像が浮かび出るように（本書「3　平野啓一郎」「なりすまし」のパートで似た表現を用いたことに注意）。

これは『**バルトによるバルト**』（1975）と同じ、いや、それに二年ほど先行し、それ以上に手の込んだ、おのれの倒錯を告白する奇怪なセルフポートレイト、もしくは自伝といわなければならない。

RB（ロラン・バルト）は『テクストの楽しみ』のいくつかの場面で自身の奇怪なジェンダーを仄めかす。「わが読者を、私は探さなくてはならない」と言い、その後で、やはりバルトお気に入りの丸括弧をつけて、大切な秘密を耳打ちするように、――「（彼を〈クルージング〉しなくてはならない）」。

ここで『テクストの楽しみ』の主役である「私」の正体が、――ぼんやりとではあるが――あきらかにされる。

クルージングと訳したのは原文ではdraguer。ゲイがつかう隠語で、男を漁ることである。RBが遺稿「**パリの夜**」（『**偶景**』1987所収）で、夜の街を猟色する自身の姿を描いたことはよく知られている。

彼のテクスト（テクストは仏語、テキストは英語。本パートに限り仏語を使う）はflâneurとして偶然の出会いを求めてさまようRBの姿《フィギュール》を抜きにしては理解しがたいものなのだ。

そもそも『テクストの楽しみ』のキーワードである「歓び la jouissance」が、ゲイの倒錯行為における歓楽を暗喩する。

バルトのflâneurとはdragueur（ゲイの猟色家）の謂いだったのである。これをいったん現実の生のレベルに転換するなら、夜のパリにさまようRBの欲動の足どりを指していたことが了解される。

「純粋な本」としての『テスト氏』に言及した翌週、一月十二日（バルトの死のおよそ二カ月前、バルトがエコール街で交通事故に遭う直前）の講義になると、「色欲」と題して、クルージングの実相をあきらかにする、こういうRBの赤裸な告白を聞くことができる。

「〈現世〉のもう一つの姿、――〈つかの間の被造物に対する執着〉（**パスカル**）、あるいは十八世紀にいわれたような色欲→現代の言葉では、クルージング *dragues* のあらゆる形態。クルージング＝快楽の逆らいがたい渉猟、獲物を探すこと、ぶらつき、あちこち飛びまわる欲望への屈服、時間の浪費のイメージそのもの。仕事の放棄がもっとも直接的で、もっとも俗悪な罪悪感を引き起こすケース。というのは、おそらく、（絶対の目的として要請された）〈作品の聖性〉に対する欠如に加えて、宗教から受け継がれた、文化的なものの欠如がつけ加わる。あやまち、肉体の過失。〈色欲〉の葛藤（〈クルージング〉）」

もうこれはほとんど倒錯者のクルージングを描いた〈偶景〉のシミュレーションではないか？　**プルースト**の創造した稀代の男色家、シャルリュス男爵の彷徨の（批評言語による）現代版？　シャルリュス氏がバルトに憑依してパリの夜に猟色している？　仮面で扮装したRBのお忍びの夜歩き？　しかも、自分の仮面を指さしながら？

こうしたプルースト的な倒錯の光景は、しかし日本論『**表徴の帝国**』（１９７０）にすでに散見されて、**ティフェーヌ・サモヨー**の浩瀚な評伝『**ロラン・バルト伝記**』（２０１５未訳）によれば、そこでは「あらゆる裏テクストが含まれ、彼の欲望のアヴァンチュール、解放された肉体の関係を、裏返しにして物語っているのだ」。バルトはコレージュ・ド・フランスというパリの最高学府の聴衆を前に、エクリチュールのパリンプセスト（本書「13　西加奈子」「物語が裂開する」のパート参照）としての彼の悖徳のクルージングを披露したのである、――秘密と、その秘密を語る、二重の操作を駆使して。

けだるい姿態で寝そべる二人の同性愛者がほうふつとする。その振舞い、その仕種が、歓びと倦怠が交錯した無類のバルテジアン（バルト的）な音楽を奏する。**『テクストの楽しみ』**から一つ例をあげると、――

「愛する人と一緒にいて、ほかのことを考える。そんなふうにして私はもっとも良き思考を手に入れ、仕事に必要なもっとも良きものを考え出す。テクストについても同様だ。間接的に自分を聴きとらせるようになると、テクストは最良の楽しみを私のなかにつくり出す。テクストを読みながら、しばしば顔をあげ、ほかのことを聴くようになる。必ずしも楽しみのテクストに捕獲されるわけではない。それは軽やかで複雑な、手入れされて、ほとんど軽率な行いであればいい。頭の突然の動きとか、私たちが聴いているものを何も聞いていない、私たちが聞いていないものを聴いている、一羽の小鳥の動きのような」

一篇の詩か歌のように描かれた恋人たちの偶景である。ここではバルトは彼の嫌悪する〈意味〉の鳥瞰から可能な限り身を引き離している。しかし一方では、詩や歌からも節度のある距離を取っている。バルトはぎりぎりのところで批評のスタイルを手放さない。彼は抑制することによって、慎み深いカップルのポートレイトをえがき出す。**ソンタグ**がバルトに指摘したエレガンスがある、

——「十八世紀末のダンディ以来流行する、広い意味での審美家の理想」（『**書くこと、ロラン・バルトについて**』１９８２）。その典型、あるいは頂点が、**ボードレール**、**プルースト**、そして**バルト**だろう。三者ともにそのジェンダーが主題化される詩人、作家、批評家である（いうまでもなくプルースト、バルトは深く親近し、ゲイとしてよく知られる。またプルーストはジードとの対談でボードレールはゲイだったと語った）。**プラトン**（古典ギリシャの哲学者はゲイだった）の対話におけるように、とソンタグは続ける。「思索者（作家《エクリヴァン》 écrivain、読者、教師）と恋人——バルテジアンな自己の二つの大きなフィギュールだ——は、一体になり結ばれる」。

エクリチュールとクルージングという「同形の二つの力」（１９８０・１・12の講義、前出）の赴くところ、同年一月十九日のコレージュでの講義では、「作品としての生」というタイトルの下に、作者と伝記への回帰、**プルースト**、**ジード**、生のエクリチュールを述べて、*VITA NOVA*（新生）のタイトルに移り、**ランボー**の「**見者の手紙**」を引いて（プルースト、ジード、ランボーともにゲイ）、その他者の発見にふれ、男色を〈脱色〉してニュートラルな、次のような flâneur の肖像を、その自伝的エピソード、『**サド、フーリエ、ロヨラ**』（１９７１）の序にいう〈伝記素 biographèmes〉、別名〈偶景〉に託して、かなり唐突に（ラプソディックに）、「私はといえば」と語り出す。

「私はといえば、私は、大都市の真っ只中で、まったく引きこもった、世間から隔離された場所についてのファンタスムを抱いている。私は田舎も地方も好きではない。私の理想、それは大都会のなかの、人目につかない、ほとんど秘密のエリアである。それゆえ、パリは私に都合がいいのだ。

中心街と鄙びた区域のあいだで、迅速で大胆な転調のある街、サン・ジェルマン・デ・プレと私の街（鄙びた）のあいだにあって、サン・シュルピス広場（数メートルのところにある）には、ハ長調から嬰へ短調へ移行するのと同じくらい困難な、しかし成功した転調がある。――あるいはまた、いま述べたファンタスムにきわめて近いが、〈潜行〉のファンタスムがある。大都市に〈潜行〉して、突如として、よく知らない街角に自分を見出すことほど、官能的なことはない（東京がこういう官能に打ってつけだ）。おなじタイプのもので、パリのまったく別のカルティエのホテルに二週間ほど隠れ住むというファンタスムもある。姿を消す、しかもすぐ近くで。というのは、サン・シュルピスの（すなわちサン・ジェルマンの）人間にとっては、たとえば映画館、たとえばレプュブリック広場の近くの〈タンブリエ〉が開くのを待ちながら、別のカルティエのカフェのカウンターにコーヒーを飲みにゆくだけで、完全な異郷体験をするのに充分なのである」

Citadin（都市生活者）**バルト**のこの上なく美しいセルフポートレイトがここにある。

**『テクストの楽しみ』**に見出される偶景、――たとえば「ある晩、バーでうとうとしながら」で始まる、タンジール広場のざわめきを語る場面を拡大し、深化させれば、いま引用した**『小説の準備』**の flâneur を集成した肖像にゆきつくのだが、これはもはや偶景というより、ほとんど小説の一景である。いや、どんな小説より興味深い小説である。

こんなテクストを書く人はもう小説を書く必要はない。おそらくバルトはそんなことは百も承知で、ロマンという仮構のプレテクストを掲げたのである。

# 15　吉田修一——変容するアンドロギュヌス

## 「キャンセルされた街の案内」とフェミニティ

ジェンダーといえば、さらに奇怪なのは吉田修一である。

ここに彼のポートレイトがある。『キャンセルされた街の案内』（２００９）の表題短篇に出てくる、「なつせ」という「ぼく」の兄である。この兄は次第に「ぼく」と一体化し、吉田のセルフポートレイトを描き出す。まず本短篇から吉田修一のジェンダーを抽出しよう。

「なつせは枕カバーの紐を結びながら」という一文を見てみよう。ここになつせのジェンダーが顕著になる。怪しくなるといってもよい。れっきとした男性でありながら、どことなく女っぽい仕草ではないか。おなじ短篇集の「奴ら」と題した作品からも分かるように、「奴ら」の「俺」、宗久なる人物は、なつせとはまるきり反対で、混んだ電車のなかでゲイに「むんずと金玉を」握られると、痴漢でもなく、痴漢を捕まえた者でもなく、「痴漢の被害に遭っているのだ」と腹を立て、「自分が痴漢以下の存在に思えてくる」、そんなマッチョな益良雄ぶりを発揮し、男らしく怒り心頭に発するのに対して、「**キャンセルされた街の案内**」のなつせときたら、名前からして女っぽいが、やることなすこと、まるっきり女なのである。

なつせのこの女性性《フェミニティ》は、しかし小説家一般のフェミニンな性情に端を発していないか。ここでも物語の祖に位置する『**源氏物語**』のことを考える。光源氏という女性的な男子のことを考える。マッチョで名高い**中上健次**や**ヘミングウェイ**のことも。二人のマッチョな作家が実は女性的な感性の持ち主であることは、今や常識である。

## 「最後の息子」と『地獄の季節』

なつせの〈手弱女振り〉（この文芸用語は本書「12　桐野夏生」末尾で『源氏物語』の光源氏のジェンダーについて使った）は、吉田のデビュー作『**最後の息子**』の表題作では、「ぼく」と閻魔ちゃんの二人に分裂する。ここでは**ランボー**『**地獄の季節**』が裏テキストになる。ランボーと**ヴェルレーヌ**が同性愛者であったことは、**ディカプリオ**（ランボーを演じる）主演の映画『**太陽と月に背いて**』に明らかだが、いまは『地獄の季節』の「**錯乱Ⅰ　愚かなる娘**」を参照したい。

「愚かなる娘」がヴェルレーヌに擬せられ、「地獄の夫」が作者アルチュールに擬せられる。ランボーは奇怪な〈私語り〉をヴェルレーヌに演じさせるのである。ヴェルレーヌが女性化してランボーの本に「わたし」へと変身して登場してくる。ランボーがヴェルレーヌの「わたし」を語り（騙り）、「地獄の道連れ」として女言葉を運用する。

この関係が吉田の短篇「**最後の息子**」で巧みに使用される。「最後の息子」では、「ぼく」なる名前のない主人公がアルチュール（「地獄の夫」）役で、閻魔ちゃんなる副主人公がヴェルレーヌ（「愚かなるむすめ」）役である。二人とも若い男性だが、前者が男で、後者が女だ。この男女の複雑な混淆はどうだろう。ジェンダーが混乱を極めて、これがそもそも吉田ワールドのデビューに位置するのだ。「最後の息子」にはランボーのラの字も出てこないが、「愚かなる娘」が閻魔ちゃんであり、「ぼく」が「地獄の夫」であることは明らかだ。「最後の息子」にこうある。「ぼくの演技は完璧だったのだろうと思う。動転した地獄の夫を見事に演じていたのだろうと思う。愚かなるむすめは、〔＝「閻魔ちゃん」の愛撫から逃げる「ぼく」を〕必死に引き止めようとした」。吉田のデビュー作に明らかなこの性倒錯の光景を、しっかり記憶にとどめておこう。

ここで**吉田修一**の経歴をざっと紹介する。一九六八年、長崎県長崎市に生まれる。法政大学経営学部卒業。スイミングスクールのアルバイトを経て、一九九七年、「**最後の息子**」でデビュー。二〇〇二年、「**パーク・ライフ**」で芥川賞、同年、『**パレード**』で山本周五郎賞をそれぞれ受賞。純文とエンタメのW受賞が話題になる。その後、二〇〇七年、『**悪人**』で毎日出版文化賞と大佛次郎賞、二〇一〇年、『**横道世之介**』で柴田錬三郎賞、二〇一九年、『**国宝**』で芸術選奨文部科学大臣賞と中央公論文芸賞を受賞。先行研究として、**酒井信**『**吉田修一論　現代小説の風土と訛り**』という吉田の生地長崎に特化した研究がある。

## 『パレード』とホラー

さて、吉田的パーソナリティのオンパレードといってよい、長篇としてはデビュー作の『**パレード**』に入ろう。文庫解説の**川上弘美**が「こわい小説」と評したように、まぎれもないホラーである。「**最後の息子**」という極めつけのゲイ小説の後に、ホラー小説の極みの『パレード』が来たのだ（ちなみに**ランボー**との関連でいえば、『**イリュミナシオン**』に「**パレード *Parade***」と題した散文詩があり、ここにも「巷に出ては尻を貸しにやられるのだ」というソドムを意味するフレーズがある）。長篇は桐野同様、視点人物の遷移を特徴とし、五人の主役が出て来るが、五人目の主人公、伊原直輝《なおき》がキーパーソンだ。彼は通り魔のモンスターを隠し持ち、無意識の犯行をくり返す。後に見る『**愛に乱暴**』（２０１３）の女性主人公、嫉妬に狂う（といえるか、どうか、微妙なところだ）桃子が、知らず知らず腕を振り動かし夫に暴力を振るうのと同じである。『パレード』で直輝と同棲する、ある女はこう耳打ちする。「ここにもう一人誰かがいるような気がするのよ。うまく説明できないんだけど、それはきっと、私と直輝が、二人で生み出したモンスターのようなものなのよ」。この怪物が通りすがりの女性をコンクリート片でぐしゃぐしゃにするのである。直輝は無差別殺人犯だったのだ。「ぽっかりと開いた女の口から、黒いものがどろっと流れた。上の歯と下の歯の間に、もう一列歯が並んでいるようだった。女の両目が、なぜかしら中央に寄っていた。俺は再びコンクリート片を振り下ろした」。――「もう一列歯が並んでいるようだった」というところがホラー映画顔負けで、何とも怖いのだ。

## 「flowers」とSM

次に読む『パーク・ライフ』の名篇「flowers」では、ホラーはSM劇に転じる。「キャンセルされた街の案内」の「ぼく」となつせ、『どくろ杯』の金子夫妻（本書「11 金子光晴――『マレーの感傷』」参照）、先に「最後の息子」で見た「地獄の夫」vs「愚かなるむすめ」の関係に、ジェンダーの変奏という点では酷似する。Sは慎二さん、Mは永井さん、この二人はいいとして、Sは元旦という（西加奈子に見たような）風変わりな名前を有する。このSとM、そしてSMがふしぎな組み合わせをつくり、タイトルどおり〈花〉の主題を奏する。石と花、そのセクシュアリティの甘美な音楽だ。雄蕊と雌蕊を見せびらかす花というのは、生殖器を美々しく飾りたて、そもそも卑猥なものなのである。視点人物の「僕」はニュートラルな立ち位置で、「脳なし巨根男」（元旦）でもなければ、「フェロモン過剰女」でもない。「僕」は「笑っていいのかどうか、かなり迷った」とある。ここにも笑いが聞こえるが、元旦たちのエロス満載の振舞いに「僕」は〈引く〉しかない。そして「自分が踏まれた花にも踏んだ靴にも思えてきた」と、ボードレールの「我と我が身を罰する者」のようなことを呟く。

以下の数行が「flowers」のピークである。「女が黒い紐を使って元旦の性器を縛り始めた。何の説明もなく、それは唐突に始まった。女は長い指で、勃起した彼の性器を持ち上げ、根元をきつく縛った。睾丸の裏へまわった紐が、二重に巻かれて結ばれる。性器の薄い皮膚に血管が浮き出し、縛られた睾丸がまるで葡萄のようだった」。この猥褻感まるだしのリアリズムには、ゲイやレズビアンを意味するエロティックな**プルースト**の、あの山査子の花もまっさおだろう。

## 『ランドマーク』と石と鉄の音楽

ついで『**ランドマーク**』（2004）を見よう。隼人と洋一のパラレルワールドが展開し、ブルーカラーの建設労働者（隼人）とホワイトカラーの社員（洋一）が、あざやかなコントラストをなす。ともに「O -miya スパイラル」（「大宮スパイラル」）なる巨大プロジェクトで高層ビル建造に携わる二人で、共通の目的に従事する。ラストではまるで隼人がコンクリートとともに裂開していくようである、――彼がなぜか股間に嵌めることになる貞操帯さながらに。そのアナロジーとしての、隼人が建設に携わる、石と鉄から成る「O -miya スパイラル」さながらに。この石の構造物は**三島**『**沈める瀧**』のダム建設を思わせる。隼人の次の独白は、『沈める瀧』の城所昇のそれと取ることもできるし、昇の恋人、顕子の冷感症のそれと取ることもできる。「冬の、冷えたコンクリのにおいが隼人は好きだ。ときどき無性に、そのにおいを嗅ぎたくなる。ときどき無性に、その冷たく固い塊に自分の頬を押しつけたくなる。きっと漁師が海を信じるように、なぜか隼人は、冬の、この冷えたコンクリを信じている。自分が配筋した壁や床に流し込まれたコンクリは、自分を何かから守ってくれているような気もする」。石と花と男の肉体の三重奏だ。この隼人の身体にも、ゲイのジェンダーが同性愛者の三島のケース同様、明らかに顕現する。

## 『春、バーニーズで』と写真の断片性

写真がすこぶる魅惑的な『春、バーニーズで』も同工異曲のジェンダーをめぐる作品だ。吉田は写真に親炙する。『横道世之介』の世之介（この人物は小説の視点人物としては、まったく例外的に早世するが）は、近未来において写真家として世に出ることになる。写真の断片性が吉田の小説のエッセンスなのだ。写真、あるいはビデオ。「最後の息子」では最初から最後までビデオカメラが回される。『春、バーニーズで』は〈断片〉に、従って〈詩〉に近づく。モノクロームの写真と照合するfragmentsの集合が、ゲイの嘘と虚飾の世界をくり拡げ、小説とは？という問いの前に人を立たせる。ここでも**金子**の『**マレー蘭印紀行**』のあの「嘘である」（引用前出）や、**西加奈子**でゲイのミミィが告白する〈嘘〉が響く（本書「13　西加奈子」「ゲイのジェンダー」のパート参照）。『**春、バーニーズで**』のセクシュアリティは、限りなくゲイの消息に似る。

## 「風来温泉」と山の音

ホラーで終わる「**風来温泉**」（『**初恋温泉**』２００６所収）は、保険の外交員の話である。彼はワーカホリックだ。この短篇もラストで〈裂開〉する。仕事人間の恭介はすべてを保険に結びつけずにいられない。妻はそんな夫にうんざりだ。夫婦で行く予定だった那須塩原の温泉に、妻はドタキャ

ンしてしまう。『**元職員**』（２００８）と同じケースで、同作の主人公も妻にドタキャンされて、単身バンコクにやって来る。「風来温泉」の夫も一人で温泉に来るが、考えるのは仕事のことばかり。一人旅の女を見かけても、保険にどう勧誘しようかと考える。女が旅館で見せる屈託は、**村上**の名短篇「**土の中の彼女の小さな犬**」（『**中国行きのスロウ・ボート**』１９８３所収）に近似する。恭介と一人旅の女はベッドインするわけではなく、最後まで曖昧なサスペンスにとどまる。妻の美知子から保険の外交員の仕事をバカにされた彼は、あげく旅行をドタキャンした妻に逆上して凄まじいＤＶを振るい、逃げるようにしてこの温泉に来たところだったのだ。「昨夜、自分が叫んでいた声が耳に蘇ってくる。真知子の髪を摑み、何度も背後の壁に、その頭を打ちつけた手の感触が戻ってくる」。きわめて今日的な題材のＤＶによって、ホラー作家の本領が発揮される。山奥の温泉の静けさと、恭介の振るった暴力の対比がすさまじい。作家が偏愛する露天風呂（吉田は猫と露天風呂が大好きだ）ではしかし、「音がまったくないわけではない。ただ、もしも無音という音があるならば、それが耳の奥のほうで鳴る。これが山の音かと恭介は思う」。誰しも**川端**の『**山の音**』のことを考える。その温泉に風が来る。「風がきた、と恭介は思った」と一篇は静かな、それだけに恐怖を孕んだ、波乱含みのエンディングを迎える。

## 『悪人』とイカの銀色に光る目

映画化によって吉田の名を高からしめた『**悪人**』は、善悪の反転を描いて間然するところがない。

この作品は三つのピークを持つ。一つは事件の発端、祐一と増尾が佳乃をめぐってトライアングルの諍いを起こし、佳乃が福岡の三瀬峠で殺害される原因となる場面。街の公園のゲイたちが集まるトイレでトラブルは起こる。『悪人』でジェンダーの揺らぎがあるのはここだけ、後はホラーで統一される。祐一は貧しいカーマニア、増尾は湯布院の老舗旅館のボンボン。増尾はアウディA6を乗り回し、祐一のスカイラインとの格差は歴然たるものがある。おもしろいのは、問題の便所で祐一も増尾も互いに「嫌な目つき」を投げ交わすことだ。増尾が「しゃぶらせちゃろか？」と笑いかけると、祐一が「フン、おめえがしゃぶれ」と鼻で笑う。そこへ佳乃がやって来る。女は祐一とメールで会う約束がしてあったのに、彼をやり過ごし、増尾のアウディに嬉々として乗り込み、一緒に「心霊スポットのある」——とは桐野カルトや中村カルト、西の「猿に会う」（『サムのこと　猿に会う』）と状況が似るが——三瀬峠に行ってしまう。怒った祐一は後を追いかける。峠の頂上で二つ目の事件は起こる。佳乃は決定的なせりふを発する。「見とったわけ？」。彼女にとっては祐一に恥の現場——ニンニク臭いというので、増尾に車から深夜の山中に蹴り出されるところを見られたのが、我慢ならない屈辱だったのだ。「もう信じられん」と女は吠える。祐一は憤怒に駆られ、佳乃の頸を絞める。この話は佐賀の呼子の料理屋で、イカの活き造り、のたうつ何本もの脚や金属の光を放つ銀色の目を前に、祐一によって新たなヒロインの光代に語られる。『悪人』全篇のハイライトである。

三つ目の事件は二つ目の絞殺の反復の形式をとる。長篇の最重要なクライマックス。祐一はもう一度、佳乃に続いて光代を扼殺しようとする。吉田はリフレインを多用する（『路《ルウ》』２０１２参照）。「俺は……、あんたが思うとるような、男じゃない」で始まる、二人の逃亡行の幕切れだ。男は女の頸を絞めるが、殺しはしない。彼の真意は秘められてある。殺人犯と逃亡した罪を恋する光代に着せたくなかったのか、身を殺して愛する女性を守ったのか。ラストをペンディングにするところに、吉田流クライム・ストーリーの凄みがある。

## 『元職員』と観光ということ

**『元職員』**はまだ文庫化されないが、傑作の呼び声が高い。公社職員の会計課の男が使い込みをやって、タイのバンコクで遊びまくる。一種のガイドブックとして楽しめるところは、**西加奈子**のニューヨークもの（**『舞台』**）や、**桐野夏生**の上海もの（**『玉蘭』**）、ボルネオもの（**『ナニカアル』**）、**ウエルベック**のやはりタイに材に取ったテロもの（**『プラットフォーム』**）と似たところがある。主人公の片桐はガイドブック片手に歩き、長篇自体がガイドの役目を果たしてくれる。その実用性がありがたい。小説は実用的なものなのである。『ナニカアル』で述べたように、作家にとって取材は同時に観光なのだ。**三島**の**『暁の寺』**でさえ、同じくバンコクもので、取材姿の作家の写真が残る。**村上春樹**にもタイに取材した短篇**「タイランド」**（**『神の子どもたちはみな踊る』**２０００所収）があるが、さすがに村上級ノーベル文学賞クラスとなると、取材の匂いを消すことに成功した。

ヒロインはミント。武志というガイド役に紹介される。彼女は最初、なんと足から姿を現す。それも薔薇のタトゥーから。ここは刺青の**西**か。**中村文則**風の足フェチでもある。映画的なシーンだ。なぜ片桐にはこんなに金があるの？　と疑問に思うが、その理由はやがて公金横領と知れる。ガイドの武志には、それとなく逃亡を仄めかし、行方をくらまし、整形して「別人」になるか、と洩らすところは、**平野啓一郎**『**ある男**』の〈分人〉願望を思わせる。ラストで片桐は、冒頭で彼が侮蔑した「不遜な」日本人と化し、完璧に〈異化〉される。最後まで反省したりせず、モンスター化するのは、いかにも吉田修一と唸らせる。

片桐は全身へテロの男で、『**ひなた**』（２００６）の浩一のように男とホテルに行ったり、『**横道世之介**』の加藤のように「女の子に興味ない」とうそぶいたり、『**怒り**』（２０１２、２０１４）の直人のようにハッテン場（サウナ）に通ったりはしないが、結末でホラーのモンスターに一変するのは、「**風来温泉**」の恭介、『**悪人**』の祐一、そして『**愛に乱暴**』（２０１３）の桃子と同じである。

## 『愛に乱暴』と女たちの混乱

その『**愛に乱暴**』だが、これは女性目線で描き切った、おそるべき嫉妬のドラマである。不倫された妻と、不倫した女の闘争で、『**悪人**』と同じように、二人の女の善悪が分からなくなり、グシャグシャになって、混沌とする。ホラーの味つけもある。主人公は二人、初瀬《はせ》桃子と三宅奈央《なお》。いきなり奈央の日記から始まり、桃子の日記も挿入される。小説に日記を使うと、誰しも**谷崎**の『**鍵**』を思う。視線人物が桃子と奈央のあいだで往来し、ともに「私」で語るから、ときに混乱が生じる。意図した混乱で、ミステリーと取れなくもない。とくに二人の実家が同じ軽井沢となると、両者の混同はさらに極まる。桃子と奈央の共通の女友だちに葉月《はづき》がいて、二人の諍う女をさらに紛らわしくする。葉月が桃子にするアドバイスによれば、「別れてあげなさいよ」。葉月は「やったことはやり返されるのよ」とも言うから、桃子にも不倫の経験があるのだろうか。初瀬真守《まもる》という男を二人の女が争うので、よほど真守は魅力的かというと、そうでもなく、マザコンで優柔不断きわまりなく、妻にも奈央にもいい顔をしようとする、ちゃらんぽらんでいい加減な男だ。多分、すごくイケメンなのだろう。悪いのは人の旦那に手を出した奈央のようだが、絶対に家を出ない、離婚しないと言い張る桃子にも、非があるのかもしれない。

次第に桃子は精神に失調を来たし、母屋に住む義母も桃子を怖がるようになる。義母は「恐いから……」とか「警察を呼びますよ」と、嫁（死語か）を遠ざけようとする。桃子は自分の住まう離れにまつわる因縁話もあって、床をチェーンソーで切り、床下に穴を掘り始める。本篇の文字通りブラックホールとなるこの穴は、**『世界の終りとハードボイルド・ワンダーランド』**の「世界の終り」の「穴」という章で、老人たちが理由もなく掘る「とても純粋な穴」を思わせる。なぜ桃子が床下に穴を掘るかは不明である。これが**村上**のようにメタレベルのある小説ではなく、まったくのリアリズムで描き切ったところに、吉田に帰せられる手腕がある。この長篇は、怪物化する桃子と、兇器に変わる危険を秘めて不気味に光るチェーンソーと、離れの床下に穿たれる穴という、三つの謎によってホラーの印象を深める。

## 『犯罪小説集』と短篇小説の名手

同じホラーは『**犯罪小説集**』（２０１６）所収の「**万屋善次郎**」にも欠けていない。主人公は熊のような大男で、近隣の老人たちとも争いが絶えない。善次郎はその名に反して段々悪くなり、異常なマネキン人形を何体も飾り、カルト宗教に入れあげ、悪霊祓いをして、妙な念仏を唱え、いろいろな奇行に走るようになる。カルトの話は**桐野**や**中村文則**を思わせる。この巨漢の溺愛する、「檻の中で涎を垂らして唸る汚れきった」レオという巨大な犬が、そのまま善次郎の似姿だ。この獰猛な犬が子犬のチョコが大好きで、「チョコの顔を舐めようと、レオが舌を伸ばす」とあると、荒れ狂う善次郎による（実際、彼は連続殺人魔と化す）『**怒り**』の再来かと、ホラーの恐怖に震えるが、あにはからんや、結果はむしろ逆で、短篇は大小二匹の犬のほのぼのとした睦みあいで幕を閉じる。吉田は長短どちらの作品にも強いが、デビュー作「**最後の息子**」に見られるように、短篇小説の名手である。

## 『太陽は動かない』『森は知っている』『ウォーターゲーム』と産業スパイ

鷹野一彦シリーズと銘打った三連作、『**太陽は動かない**』、『**森は知っている**』、『**ウォーターゲーム**』は、**桐野**の村野ミロものと近似する、**吉田**の手になるエンタメ小説の精華である。吉田は純文よりエンタメで才能を発揮するタイプかもしれない。「鷹野は」と、その第一作『太陽は動かない』に、まだ十一歳の少年で、「自分を取り囲む大人たちが少しでも自分に触れたら、容赦なく噛みつくぞ、と、その濡れた瞳で威嚇していた」。この少年は獰猛な力を秘めていて、万屋善次郎や猛犬レオの後裔である。鷹野は産業スパイとして特殊な訓練を積み、二十四時間以内に上層部に連絡を入れないと、胸に埋めた爆弾が爆発する機構になっている。次の『森は知っている』全篇を通じて、彼は次第に人造人間（AI）じみてくる。その意味で『**橋を渡る**』の近未来人「サイン」に似る。鷹野シリーズを〆る『ウォーターゲーム』において、「**Water**」（『**最後の息子**』所収）以来の〈水〉のモティーフ――桐野のプレデビュー作「**プール**」と舞台を同じくする〈水〉（本書「5　桐野夏生」参照）――が前面に出る。吉田が露天風呂をたいそう愛するのも、こうした水との親しみがあるのかもしれない。水、サウナ、ジェンダーの思いは、ヒーローの胸を去らない。『**さよなら渓谷**』（2008）では「お前はどっち側の人間なんだ？　お前は男か？　それとも……」「どっちだ？」と『ウォーターゲーム』の鷹野と並ぶ主役の真司は自問する。「俺はどっちだ？」ホモかヘテロかと問うのは、**桐野**の『**メタボラ**』で視点人物になるギンジと同じである（本書「1　桐野夏生」『メタボラ』のパート参照）。

## 『国宝』とジェンダー

こうした問いは『**国宝**』（2018）では俎上に上らない。もはや主人公のジェンダーは自明であるからだ。むしろジェンダーそのものが『国宝』の問いを構成するからだ。『国宝』の喜久雄は、吉田が（今までのところ最後の）長篇で主人公にした女形《おやま》だが、ジェンダーの精髄、そのエキスである。「女形の人って舞台降りても、まだ自分が女のままって感覚が残ってたりするのかなーと思って」。「その発想、その辺の中学生と一緒やで」――ある映画女優の感想を、喜久雄はそう言って笑うが、**三島**が「**女方**」で問うたのは、まさにそのこと、女形は日常生活でも女なのか、という問いだった。「そのうえ喜久雄も」と『国宝』の「反魂香」にある、「すでに三十半ばになっており、このころになりますと、そのどこか陰のあるといいましょうか、生来の悪の香りとでもいいましょうか、そのような雰囲気が美しい容姿と相まって」、この男の悪の花は『**逃亡小説集**』（２０１９）で「**逃げろお嬢さん**」の舞子が放つ「蜂蜜」の薫りと、そんなに隔たったものではないと思われてくる。吉田は男女の別にこだわらない、真性にジェンダーの作家なのだ。「自分自身がその蜂蜜となり、誰かの熱い舌ですっと舐められているような、そんな濃厚なセックス」（「逃げろお嬢さん」）。「**最後の息子**」から『**国宝**』まで、吉田修一のジェンダーはこういう濃密なエロスの味わいを放つ。

# 16　桐野夏生――『柔らかな頬』『I'm sorry, mama.』『猿の見る夢』など

## カルトのグルたち

**西加奈子、ロラン・バルト、吉田修一**と、ジェンダーの題材でしばらく中断が入ったが、桐野夏生とカルトの話を続けよう。カルト、ジェンダー、ホラーは、今まで述べたように、**西、吉田、中村、桐野**において、相互に深い繋がりを有するのだから。

まず『**柔らかな頬**』。ここで夫の道弘がヒロイン、カスミの心酔する緒方なる霊能者について、「あの占い師か」と軽蔑すると、最愛の娘の有香が行方不明になり、もはや娘の生存をあきらめかけて、占いに頼るほかなくなったカスミは、それでも最後の頼みの綱として緒方にすがり、「先生は占い師じゃないわ」と抗議せずにいられない（幼い娘が失踪する**吉田修一**の『**犯罪小説集**』巻頭「**青田Y字路**」と似た物語である）。『柔らかな頬』のカスミは言う。緒方というのは「ただの宗教家よ。私は宗教を信じてる訳じゃない」。

カスミには有香を失ったことへの深甚な罪障感がある。この母親は有香が失踪したとき（『柔らか

な頬』の仏訳は『**失踪** *Disparitions*』）、石山との不倫の恋に惑溺し、娘のことを〈忘却〉していたのである。桐野のいわゆる「忘れ物」のテーマをここに見る。直木賞の選評で**阿刀田高**は、「母親に（一瞬とはいえ）存在することを否定された幼女は、犯人の前に首を伸ばすよりほか仕方がないではないか」（「オール讀物」1999・9）、と終局の場面について深い洞察を示した。

短篇集『**ローズガーデン**』（2000）の「**漂う魂**」には、**桐野**カルトのエッセンスがある。村野ミロのテリトリーである新宿二丁目のマンションに幽霊騒ぎが起こり、除霊師が呼ばれる。ミロ・グループのお馴染みで、『**ダーク**』で主役級の役を張るゲイのトモさん（友部秋彦）も出てくるが、この短篇に登場する人たちのジェンダーは、みんな同性愛者染みて、どこか怪しい。ミロも怪しい。

そして『**グロテスク**』。「わたし」はより直截に殺人教団、宗教団体のテロに言い及ぶ。「わたし」の妹のユリコも、同窓の和恵も、渋谷の地蔵前で娼婦に身を落とすが、**バタイユ**によれば、娼婦とは巫女に近しい、神殿に仕える聖なる存在ではなかったか。『**マダム・エドワルダ**』（バタイユ）の「私」はパリのサン・ドニ門に立つ街娼エドワルダを神と崇める。これもカルトをサバイブする桐野の作法で、ユリコも和恵も、『グロテスク』の二人の女主人公は、新宗教に通じる超越の動機を有し、ジェンダーからカルトへ越境するボーダーをゆく。

もう一冊、『**I'm sorry, mama.**』。ここでは主人公アイ子のキャラクターが八面六臂、**石川淳**の『**狂風記**』を思わせる破天荒な物語が進展する。神出鬼没で出鱈目な虚言をあやつる女主人公、四十歳を越える〈子供大人〉のアイ子を中心に、「北斗七星を拝む太陽神会という新興宗教に入れ込んだ」人々を配し、スラップスティックなコメディを演出する。

本篇のテーマはカルトと、もう一つ、衣装フェティシズムである。とはいえ、**中村文則**に見たフェティシズム（本書「2　中村文則」参照）とは、まるで違う。桐野のフェティシズムは狂気・恐怖・錯乱とは関係がない。むしろ笑わせる。桐野は笑わせる。2章「葬式帰りの喫茶店」がすでに荒唐無稽で、七十八歳の狐久保隆造（名前からしていかがわしい）が女装して葬式に出席する。歳を取るといいことが一つだけある、とこの男は考える。「性徴があやふやになり、どちらにも簡単になれることだ」。鏡に映して見ると、「まさしく、隆造の理想の女」が出現する。葬式帰りの喫茶店で会うのが、オカマの康夫である。ジェンダーどころか、性の混乱も甚だしい。亡くなったのは、焼殺された「星の子学園」の元保育士で、犯人がその施設を出た主人公のアイ子という、すこぶる剣呑で、キナ臭い女だ。喫茶店で女装の隆造とオカマの康夫が、アイ子について下す評判は、——「化け物よね」「お化けは神出鬼没」。

化け物といえば、今まで論じてきたように、**中村文則**の『**私の消滅**』、**平野啓一郎**の『**ある男**』、**吉田修一**の『**国宝**』と、誰しも最後には常人の域を脱する気配を見せる。

そう、アイ子もまた、『**ファイアボール・ブルース**』の火渡、『**OUT**』の雅子、『**グロテスク**』のユリコや和恵と同様、カルトのグルたる資格が充分あるようだ。

レイプ魔の川辺の友人、野崎院長の母親に絶大な権力を振るう『**緑の毒**』の弥生先生も、占い師で霊能者、巫女である（同書「7　弥生先生のお見立て」）。

九十歳になんなんとするこの老女、弥生先生の霊視能力ときたらたいへんなもので、野崎院長の背後に邪悪なレイプ魔、川辺の守護霊を透視するや、血相変えてソファの上で跳び上がり、院長に向かって、「こら、お前の名は何て言うんだ。カワ？　カワ、何ていうんだ。カワ……ビ、カワビか。気持ち悪い、あっち行け」と、院長に憑いたレイプの悪霊を祓おうとする。

しかし悪名高いオウムの教団が直接名ざされるのは、『**夜また夜の深い夜**』を待たなければならない。オウム真理教の麻原彰晃という教祖が「日本を支配下に置こうとテロ事件を起こし」、「麻原以下、教団幹部も含めて十三人に死刑判決が下った」。オウムにおいて、カルト、ジェンダー、ホラーは一体となる。さらに、いっそう残虐なリベリアの反政府軍は、「子供はそのまま連れて行って、麻薬漬けにして兵士にするんだ。何も考えない、殺人の道具にする」と、本書「2　**中村文則**」の〈洗脳 brain washing〉と似かようホラーを行使する。

最後に、桐野オカルトの大作として外せない作品に、『**猿の見る夢**』（２０１６）が来る。この長篇に登場する長峰先生なる高齢の女性は、『**柔らかな頬**』の緒方、『**バラカ**』で悪魔主義の川島とソドムの関係を結ぶヨシザキ牧師、『**緑の毒**』の弥生先生、『**とめどなく囁く**』の真矢……、これら霊能者の集大成といってよい人物である。ラストのほとんどモーツァルト的ともいえるスピード感が凄い。作者がミステリーやスリラーで培ってきた技法が成果をあげる。終幕で長峰は猿に姿を変えて、一瞬出現する。このオカルティストのマインドコントロールと必死で戦う主人公の男も、おなじ化け物であることを暴露し、すべてが「猿の見る夢」の跡と化して投了を迎える。

## 結語　サバイブするヒーロー／ヒロイン

**吉田修一**の〈化け物〉に結語で登場してもらおう。

こちらは大阪弁で「たしかに化け物や。そやけど、美しい化け物やで」と称される、歌舞伎俳優の女形、美形の喜久雄のことで、吉田の近作『**国宝**』の一節にある。「女形というのは」と、さらにこういう註釈が加えられる。

> 男が女を真似るのではなく、男がいったん女に化けて、その女をも脱ぎ去ったあとに残る形である。

ここには本書の要となる題目——カルト、ジェンダー、ホラーの諸テーマが勢揃いする。「生き血を欲する稀代の女形」、「吸血鬼」と『国宝』で呼ばれる女形とは、魅惑と畏怖の対象ではないか。崇敬される物神《フェティッシュ》ではなかったか。女形は**三島**の短篇「**女方**」にあるように、「一心に何かを紡いでゐる女のやうに見える」、奇怪な男女《おとこおんな》に違いないのである。

本書の第二章、**中村文則**論で筆者はこう書いた。

これらの小説には数多くの「妙なもの」が登場する。一例が『R帝国』の「何か妙なもの」。「妙な人」（『銃』）とか、「異物」（『去年の冬、きみと別れ』）とか、「化物」（同）とか、さまざまな呼称で呼ばれる異邦人《ストレンジャー》。憂鬱な、あまりに憂鬱な、ナカムラエスク（中村的）な人たちである。

主題は**吉田修一**、**中村文則**、**平野啓一郎**、**西加奈子**、**ロラン・バルト**、**桐野夏生**……と共通する。ひと言で括れば〈幽体〉である。

幽体には男性、女性の別はなく、ジェンダーのみがある。吉田は『国宝』の女形によって、ジェンダーとしてのふしぎな怪物を創造したのだ。

二十年以上前のことになるが、「幽体論——**川端康成**における『**源氏物語**』の痕跡」（「文學界」1999・7）と題した単行本未収録の論考で、筆者は「幽体とは何であろうか?」という問いを立て、『**源氏物語**』の主要人物、六条御息所について次の一文を書いた。「六条御息所の微妙極まりない登場の仕方を見ると、『源氏』とは伏線を蜘蛛の巣のように張りめぐらせた巫女的な空間ではないかと思われてくる」。そして結論のところで、「川端が物語文学は『源氏』に高まり、それで極まりです、と言ったとき（『美の存在と発見』1969）、彼はそこに『源氏』の最後のヒロイン、浮舟の姿を見たのかもしれない」と。

本書で筆者が追ったのは、そうした幽体の恐ろしくも妖艶な姿だった。その物の怪や生き霊の出現だった。吉田修一は『国宝』の女形で、幽体と化した主人公の姿を描いたのである。

それが男女混淆のジェンダーを持つことは、当然の成行きであった。

筆者が何度でも立ち止まるのは、『国宝』のエンディングだ。主役の三代目花井半二郎、吉田の小説で喜久雄と呼び習わされる美しい男は、花魁姿のまま歌舞伎座の大扉から銀座の晴海通りに出て、流麗な遊女の姿を現したところだ。

喜久雄はもはや生死不明の域にある。幽玄な化生の身と化している。彼／彼女の最後の舞いといってよい。


信号の変わったスクランブル交差点に、喜久雄がよろめきながら飛び出したのはそのときでありました。

歩道から悲鳴が上がり、同時に無数のクラクションが響きます。


物語のなめらかな語り口にのせて、一世一代の女形、喜久雄の交通事故〈死〉がここに語られたのだろうか？

そうであり、そうでもあるまい。

小説の主人公の死は、いかに**吉田修一**の筆をもってしても、書きえないものだろう。書くに忍びないものだろう。**『横道世之介』**と**『続 横道世之介』**（2019）はSF的な仕掛けによって初めて、**メルヴィル**の**『白鯨』**以来の難問――小説のナレーター（語り手、多くの場合「私」）は、あらゆる艱難辛苦を乗り越えて、物語を語り伝えるべく、どこまでも生き延びなければならない――を、かろうじてクリアして、その死を書くことができたのだった。

『国宝』の主人公を見舞った、ありえたかもしれない、ありえなかったかもしれない女形の終焉の姿に、筆者は一九八〇年二月二十五日、**ロラン・バルト**を襲った交通事故を透かし見ないではいられない。演者としてのバルトは、事故からひと月ほど生き延びて、三月二十六日に享年六十四で没した（本書「14 ロラン・バルト――『テクストの楽しみ』」、及び拙著『バルト――テクストの快楽』参照）。このズレこそ、まことにバルトにふさわしい、バルテジアン（バルト的）な死に様だと思う。

翻って『国宝』で今しも「阿古屋」を演じ終えた不世出の女形、小説の喜久雄にとって、歌舞伎座前の晴海通りにおける交通事故はどうだろう。

彼／彼女、すなわち女形が、この不可思議な事故から生身の死まで、一カ月ズレたとしても、十年ズレたとしても、つまりは同じことではなかったか。

本書が主題にする〈サバイバル〉の精神には、そういう意味がこめられていた。

小説のヒーロー／ヒロインがサバイブしてゆくように、私たちはこのホラーとバイオハザードの時代に生き延びてゆくのだ。

# 謝辞

ここに収めたほとんどの論考の初出は、文芸誌の「文學界」です。

本書でお名前を挙げさせていただき、引用等により文章を拝借した方々に、この場をかりて謝辞を申し上げます。

掲載順に、中村文則氏（2016・8）、平野啓一郎氏（2018・10）、西加奈子氏（2019・7）、桐野夏生氏（2020・4）、そしてもっとも新しく、書き下ろしとなった吉田修一氏、――以上の諸兄姉に。

ほかに村上春樹氏を始め、本書で言及させていただいた諸氏に、お礼を申し上げます。

雑誌掲載に当たっては、中村論、平野論、西論でお世話になった「文學界」編集長の武藤旬氏と、桐野論でお世話になった現編集長の丹羽健介氏に、また中村論から桐野論まで、たゆみなく担当して下さった編集部デスクの清水陽介氏に、多大な労をお取り下さったことへの、篤い感謝を申し上げます。

ロラン・バルトに関しては『テクストの楽しみ』の、金子光晴に関しては『マレーの感傷』の、それぞれ出版に際してお世話になった、みすず書房の浜田優氏に、中央公論新社の村松真澄氏に、感謝の辞を申し上げます。

上梓に当たっては、ずいぶん昔のことになりますが、三十五年前に、『未だ／既に――村上春樹と「ハードボイルド・ワンダーランド」』出版に際して担当して下さり、その後も村上論やその他の本でお世話になった、「言視舎」社主の杉山尚次氏に、今回も上版をお願いすることになりました。

杉山氏に深甚なる謝辞を捧げます。

二〇二〇年五月十一日、コロナ禍で揺れる日に――新生《ヴィタノヴァ》への希望とともに。

鈴村　和成

〔ヤ　行〕



〔ラ　行〕



〔欧字〕

〔サ　行〕



〔タ　行〕

# 索引（書誌にある作家を除き、人名と作品名をセレクトし、一括して五十音順に配列した）

新潮文庫、二〇一〇年。24、120、122、164
『回転木馬のデッド、ヒート』講談社、一九八五年。講談社文庫、二〇〇四年。142
『ノルウェイの森』講談社、一九八七年。講談社文庫、二〇〇四年。23
『ねじまき鳥クロニクル』新潮社、一九九四、五年。新潮文庫、一九九七年。24、31、69
『神の子どもたちはみな踊る』新潮社、二〇〇〇年。新潮文庫、二〇〇二年。162
『海辺のカフカ』新潮社、二〇〇二年。新潮文庫、二〇〇五年。140
『１Ｑ８４』新潮社、二〇〇九、一〇年。新潮文庫、二〇一二年。71

**村上春樹関係**

**吉田修一関係**

村田沙耶香＋西加奈子「人間の外側へ」「新潮」二〇一八年十月号。126
「ＶＩＯ」「すばる」二〇一九年六月号。139
「掌」「すばる」二〇二〇年六月号。131

**桐野夏生関係**

『顔に降りかかる雨』講談社、一九九三年。講談社文庫、一九九六年。67、85
『天使に見捨てられた夜』講談社、一九九四年。講談社文庫、一九九七年。68
『ファイアボール、ブルース』集英社、一九九五年。文春文庫、一九九八年。**113〜116**、123、170
『水の眠り　灰の夢』文藝春秋、一九九五年。文春文庫、一九九八年。15、70、71
『ＯＵＴ』講談社、一九九七年。講談社文庫、二〇〇二年。**13〜15**、31、**63〜64**、70、73、170
『ジオラマ』新潮社、一九九八年。新潮文庫、二〇〇一年。61、80
『柔らかな頬』講談社、一九九九年。文春文庫、二〇〇四年。62、69、**168〜169**、171
『ローズガーデン』講談社、二〇〇〇年。講談社文庫、二〇〇三年。169
『光源』文藝春秋、二〇〇〇年。文春文庫、二〇〇三年。21
『玉蘭』朝日新聞出版、二〇〇一年。文春文庫、二〇〇五年。62、**96〜97**、162
『ファイアボール、ブルース２』文春文庫、二〇〇一年。68、**113〜116**、170
『ダーク』講談社、二〇〇二年。講談社文庫、二〇〇六年。**60〜62**、169
『リアルワールド』集英社、二〇〇三年。集英社文庫、二〇〇六年。24、173
『グロテスク』文藝春秋、二〇〇三年。文春文庫、二〇〇六年。15、18、62、70、169、170
『残虐記』新潮社、二〇〇四年。新潮文庫、二〇〇七年。15、62、87、101
『I'm　sorry、　mama.』集英社、二〇〇四年。集英社文庫、二〇〇七年。

『決壊』新潮社、二〇〇八年。新潮文庫、二〇一一年。46、48、53
『ドーン』講談社、二〇〇九年。講談社文庫、二〇一二年。50、53
『かたちだけの愛』中央公論新社、二〇一〇年。中公文庫、二〇一三年。49、51
『空白を満たしなさい』講談社、二〇一二年。講談社文庫、二〇一五年。46、53
『透明な迷宮』新潮社、二〇一四年。新潮文庫、二〇一六年。49、53
『マチネの終わりに』毎日新聞出版、二〇一六年。49、51
『ある男』文藝春秋、二〇一八年。45 〜 57、163、170

『文明の憂鬱』ＰＨＰ研究所、二〇〇二年。新潮文庫、二〇〇六年。45
『本の読み方　スロー、リーディングの実践』ＰＨＰ新書、二〇〇六年。48
『ウェブ人間論』（梅田望夫との共著）新潮新書、二〇〇六年。48
『モノローグ』講談社、二〇〇七年。48
『私とは何か「個人」から「分人」へ』講談社現代新書、二〇一二年。52
『ショパンを嗜む』音楽之友社、二〇一三年。50
『「生命力」の行方——変わりゆく世界と分人主義』講談社、二〇一四年。48、50

**西加奈子関係**
『あおい』小学館、二〇〇四年。小学館文庫、二〇〇七年。120、128、131、132
『さくら』小学館、二〇〇五年。小学館文庫、二〇〇七年。120、127、128、135
『きいろいゾウ』小学館、二〇〇六年。小学館文庫、二〇〇八年。116、121、127、131、133 〜 137
『絵本きいろいゾウ』小学館、二〇〇六年。128、133、134
『通天閣』筑摩書房、二〇〇六年。ちくま文庫、二〇〇九年。120、122、126、143
『しずく』光文社、二〇〇七年。光文社文庫、二〇一〇年。120、140
『こうふく　みどりの』小学館、二〇〇八年。小学館文庫、二〇一一年。124、133、138、140

## 書誌、作品索引（本書で言及した現代作家に限る）

### 中村文則関係



### 平野啓一郎関係

著者………鈴村和成（すずむら・かずなり）
1944年、名古屋市生まれ。東京大学フランス文学科卒。主な著書に――『未だ／既に――村上春樹と「ハードボイルド・ワンダーランド」』（洋泉社 1985）、『ランボーのスティーマー・ポイント』（集英社 1992）、『バルト テクストの快楽』（講談社 1996）、『ランボー、砂漠を行く アフリカ書簡の謎』（岩波書店 2000）、『愛について――プルースト、デュラスと』（紀伊國屋書店 2001）、『テロの文学史 三島由紀夫にはじまる』（太田出版 2016）など多数。訳書に――『ランボー全集 個人新訳』（みすず書房 2011）、ロラン・バルト『テクストの楽しみ』（同 2017）など。解説に『マレーの感傷 金子光晴初期紀行拾遺』（中公文庫 2017）がある。『ランボーとアフリカの8枚の写真』（河出書房新社 2008）他、一連の紀行により歴程賞受賞。

装丁………山田英春
DTP組版………勝澤節子
編集協力………田中はるか

# 笑う桐野夏生
## 〈悪〉を書く作家群

発行日❖2020年6月30日　初版第1刷

著者
鈴村和成

発行者
杉山尚次

発行所
株式会社言視舎
東京都千代田区富士見2-2-2　〒102-0071
電話 03-3234-5997　FAX 03-3234-5957
https://www.s-pn.jp/

印刷・製本
モリモト印刷㈱


ISBN978-4-86565-181-2 C0095